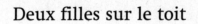

Deux filles sur le toit

Alice Kuipers

Deux filles
sur le toit

Traduit de l'anglais par
Dorothée Zumstein

Titre original :
The Worst Thing She Ever Did

(Première publication : Harper *Trophy*CanadaTM,
an imprint of HarperCollins Publishers, Toronto, 2010)

© Éditions Albin Michel, 2011, pour la traduction française.
© Librairie Générale Française, 2013, pour la présente édition.

À mon frère, sa femme et leur fille.

Et puis les fenêtres se dérobèrent
Et je perdis de vue la vue

Emily Dickinson

1

Les branches dénudées
se dressent avec rudesse

Dimanche 1ᵉʳ janvier

Je fixe les mots noirs comme des petites araignées, les regarde tisser leur toile. Il y a quelque chose de plaisant à remplir une page blanche, même si je n'avouerais jamais cela à Lynda. Ce cahier vierge, elle me l'a donné quand je suis allée la voir mardi.

– Écrire dans ce cahier t'aidera à te souvenir.

– Et si je n'en ai pas envie ?

– Tu devrais, à mon avis.

– Ça ne changera rien.

– Faudrait peut-être que tu essaies.

J'ai levé les yeux au ciel.

De sa voix terriblement patiente, elle a ajouté :

– Tu veux me parler de ce que tu ressens, à présent ?

– Tout va bien, j'ai répondu.

J'avais hâte que l'heure s'achève.

Je me demande quoi écrire. Je ne sais même pas par où commencer. Je pourrais parler de ce matin, j'imagine.

Après un horrible rêve, je me suis réveillée épuisée. Presque tous les gens que je connais auraient redouté de retourner en cours mais moi, j'étais contente de quitter la maison. Aujourd'hui, c'est la rentrée au lycée Saint-David, après les vacances de Noël. Un sinistre trajet de dix minutes à pied, plus sept arrêts de bus, le séparent de ma maison d'Islington, dans le nord de Londres. C'est un lycée de filles. Je suis en première mais, mon anniversaire tombant en juillet, mes dix-sept ans sont encore très très loin.

J'étais là, chez moi, en culotte, collants et soutien-gorge. J'ai boutonné mon chemisier bleu pâle (taille 36), et remonté la fermeture de ma jupe bleu marine (taille 38), que j'ai roulée au niveau de la taille pour la raccourcir de cinq bons centimètres. J'ai tiré sur mon pull bleu marine et me suis démenée pour enfiler par-dessus mon blazer, avec ses immondes épaulettes. J'ai lissé les revers, à côté du blason arborant les mots *Ne craignez point*. J'ai chaussé mes ballerines noires. Du bout de la langue, j'ai senti au fond de ma gorge un goût amer de café brûlé. Me brosser les dents n'y a rien changé. Étais-je nerveuse ?

J'ai ramassé le sac marron qu'Emily m'avait rapporté de Leeds. Puis j'ai longé le couloir en toute hâte, passant devant la chambre de ma sœur et le bureau de maman, avant de dévaler bruyamment l'escalier jusqu'à la cuisine. C'est maman (elle est décoratrice d'intérieur – du moins, elle l'*était*) qui a fait le choix des murs blancs et des planchers, présents dans toutes les pièces à l'exception de la cuisine, au sol revêtu de dalles de liège rouge. Personne autour de la table ronde en chêne. Consciente qu'il n'y avait ni pain ni lait, je ne m'y suis pas arrêtée pour prendre le petit déjeuner.

– J'y vais, à plus tard ! ai-je crié à maman, qui était à l'étage.

Elle n'a pas répondu. D'ailleurs, je ne jurerais pas qu'elle était là-haut. J'ai traversé le salon, avec ses rangées de livres et les chouettes photos de sacs en plastique que prenait Emily. Puis j'ai ouvert la porte d'entrée et je suis sortie dans l'air glacé du matin. Baignant dans une lumière grise, les nuages avaient l'apparence d'une fumée dense. J'ai tenté de faire le vide dans ma tête, mais c'était plus fort que moi : l'espace d'un instant, les souvenirs m'ont submergée. J'ai levé une main tremblotante comme celle d'une vieille dame atteinte de la maladie de Parkinson, et je l'ai regardée frémir. Les nuages gris cendré remplissaient mes poumons d'un air enfumé, suffocant. Je me suis retenue à la clôture d'une maison voisine. J'ai aspiré de grandes goulées d'air, en me répétant que tout allait bien.

Je suis montée dans le bus, me suis forcée à regarder par la vitre et suis parvenue au lycée saine et sauve. En m'engouffrant sous l'arche de pierre qui menait au bâtiment principal, je me suis redit : « Tout va bien. » Il était temps de me remettre de l'été dernier. Même si j'avais passé les trois premiers mois dans le brouillard, j'entamais une nouvelle année, un nouveau trimestre. Bref, je prenais un nouveau départ – pour de bon cette fois-ci. Je suis passée devant le bureau d'accueil en rasant les murs, ai salué deux ou trois élèves, évité de répondre aux questions relatives à Noël, et tenté d'esquiver les grands sourires idiots. Je me suis frayé un chemin dans le couloir. Au passage, j'ai bousculé la foule des autres filles bras dessus bras dessous, parlant dans leurs portables et se faisant hurler dessus par la principale parce qu'elles marchaient trop vite. Tout ce bruit autour de moi – les autres, la sonnerie annonçant le début des cours – me donnait mal à la tête. Les néons du plafond bourdonnaient en émettant une lumière jaunâtre, trop vive pour mes yeux. J'ai lentement repris mon souffle. Me suis remémoré ma résolution du Nouvel An : *aller de l'avant*. Je ne parlerais pas de ce qui s'était passé, n'y penserais pas, ne laisserais pas mes souvenirs m'assaillir comme un tigre à l'affût – rien de tout ça.

Je suis entrée dans ma salle de classe et j'ai cherché des yeux Abigail, ma meilleure amie. Mais elle n'était pas assise à sa place habituelle, près de la fenêtre, à côté des cartes du monde sur lesquelles Mme Bloxam faisait une fixette. Abi était en retard. À moins que je ne sois en avance. Je me rappelle comment Abi et moi nous retrouvions devant la grille du lycée et causions des événements de la matinée et de la veille – quand bien même nous avions passé la soirée précédente à discuter au téléphone ou à chater sur Internet. Abi et moi avions fait connaissance un jour de rentrée scolaire, bien des années plus tôt. Plantées dans le couloir, nous attendions nerveusement d'assister à notre premier cours. Elle était venue me dire bonjour, et j'avais trouvé ça courageux de sa part, étant moi-même trop timide pour aborder qui que ce soit. On était vite devenues très amies. On avait tout traversé ensemble. J'étais calme, forte, rassurante, bonne élève et bonne confidente. Elle était drôle, impulsive, pleine de vitalité. Elle me faisait rire.

Avec un soupir, je suis allée prendre place. Une nouvelle élève était assise au bureau voisin du mien. Notre uniforme lui allait à ravir. (C'était donc possible !) Sa jupe n'était ni trop large ni trop près du corps, et la couleur s'accordait à son teint de porcelaine. Sous sa jupe courte, des collants résille. Ses chaussures avaient un petit talon.

Penchée sur son bureau, elle écrivait quelque chose, ses cheveux noir corbeau retombant de façon désordonnée sur son visage. Sans lever les yeux, elle a lancé :

– Tu vas me fixer longtemps comme ça, ou tu vas te décider à parler ?

Je n'ai pas répondu. Alors elle a levé la tête, plissé ses yeux bleu foncé.

– Quoi ? a-t-elle insisté.

– Rien. Je... C'est juste que c'est la place de Megan.

– Eh bien. Megan va devoir s'asseoir ailleurs aujourd'hui.

Je n'aurais jamais idée de dire un truc aussi direct. Je suis toujours à m'excuser et à bafouiller quand les gens me cherchent des poux dans la tête – ce qui ne se produit quasiment plus. Je ne savais trop quoi répondre.

– Tu es américaine ? ai-je hasardé.

Elle a plié la feuille sur laquelle elle écrivait, a écarté de son visage des mèches de cheveux.

– Je viens du Canada. Mais maintenant je vis en Angleterre.

– Comment ça se fait ?

– Ma mère est morte et, il y a deux semaines, je me suis installée ici avec mon père.

Elle a marqué une pause.

– Quoi ? a-t-elle dit encore une fois.

– Je suis désolée pour ta mère.

Elle a haussé les épaules.

– C'est pas ta faute.

Elle s'est balancée en arrière sur sa chaise, dont deux pieds se sont soulevés du sol.

– Tu écrivais quoi ? ai-je demandé.

– Rien.

– J'aimerais bien savoir, c'est tout.

– Un poème.

– Quel genre de poème ?

Je n'avais encore rencontré personne qui écrive des poèmes.

– Un poème sur la mort.

Impossible de dire si elle était sérieuse. En ce qui me concerne, je n'aurais pas idée de blaguer à ce propos.

– Tu vas être dans notre classe ?

– À ton avis ?

Elle a tiré de sa poche un paquet de chewing-gums. M'en a proposé un avec un petit sourire. J'ai secoué la tête.

La sonnerie a retenti, d'autres élèves sont entrées dans la classe. La nouvelle n'a pas quitté sa place. Les filles l'ont regardée comme si c'était un animal de zoo – un spécimen incroyable, du genre okapi ou panda roux. Abigail s'est avancée vers moi, m'a serrée à m'étouffer.

– Où est-ce que tu as passé les vacances de Noël, Sophie ? Ça s'est passé comment ?

Elle voulait seulement être gentille mais, malgré moi, je me suis crispée. Nos rapports étaient devenus si bizarres. Je m'en suis aussitôt voulu d'avoir des pensées aussi stupides. Je voulais que ce trimestre commence NORMALEMENT. Abi a jeté un coup d'œil à la nouvelle, sans lui adresser la parole – pas même un bonjour ou quoi que ce soit. Elle (Abi, pas la nouvelle) m'a posé une main sur l'épaule et s'est mise à me parler d'une soirée qu'elle voulait faire chez elle. Je l'écoutais d'une oreille tout en observant la Canadienne, qui a déplié sa feuille, a mâchouillé le bout de son stylo et s'est replongée dans l'écriture de son poème.

La deuxième sonnerie a retenti. Mme Bloxam est entrée. Elle est obèse, et si peu en forme que je crains qu'elle ne nous fasse un arrêt cardiaque un de ces quatre. Je l'imagine bien en train de faire l'appel, la sueur perlant sur son visage bouffi. Tout à coup, entre le moment où elle lit « Sophie Baxter » (c'est moi) et « Megan Bigley », elle pousse un râle, porte la main à son cœur, s'effondre sur son bureau et se contorsionne en s'efforçant de reprendre son souffle. En vain. Elle meurt sous nos yeux, sans jamais avoir fini l'appel.

Ce jour-là, cependant, elle l'a terminé – sans faire allusion à la nouvelle et sans paraître remarquer l'arrivée tardive de Megan. Celle-ci s'est laissée tomber sur une chaise libre et, les bras croisés sur la poitrine, a foudroyé tout le monde du regard. Mme Bloxam nous a demandé si nous avions passé de bonnes vacances et s'est mise à blablater :

– Nous entamons le deuxième trimestre et sommes toutes désireuses de... euh... de surmonter les... euh... terribles événements de l'année dernière. Toutes autant que vous êtes (je jurerais que c'était moi qu'elle regardait) vous allez devoir vous concentrer sur tout ce qui vous reste à apprendre, à tous points de vue. (À ce moment-là, elle a respiré un grand coup, vu qu'elle commençait à suffoquer.) Et sur tout ce qui vous attend, avec le sérieux nécessaire à... euh... à la préparation de votre avenir. Sans avoir rien vu venir, vous serez déjà en plein...

C'est là que j'ai décroché. J'ai appuyé la pointe de mon stylo dans le bois du bureau et gravé la première lettre de mon prénom. S pour Sophie. Je me suis demandé si avec un nouveau nom, je pourrais devenir une nouvelle personne. Une personne sans passé. Une personne à qui il ne resterait que l'avenir. J'ai gravé le S plus profondément dans le bois, et j'ai senti derrière moi comme une vague de chaleur. Je me suis retournée, mais il n'y avait rien. Si ce n'est Zara qui décorait d'une étoile argentée l'extrémité de ses ongles vernis. Zara est noire, et a les cheveux coupés court, au-dessus des oreilles. On dirait un top model. Elle m'a fait une grimace : sa façon à elle de sourire. J'ai repivoté sur ma chaise. Mme Bloxam, toujours à transpirer et à blablater, nous annonçait qu'un prof de danse allait nous arriver de Manchester dans quinze jours. Enfin, elle nous a présenté la nouvelle. Elle s'appelle Rosa-Leigh. Megan a sursauté et, interrompant Mme Bloxam, a déclaré que Rosa-Leigh lui avait piqué sa place.

Megan est petite avec de gros seins. Elle a les cheveux rêches, d'un brun terne. Elle a une grosse bouche, des dents d'une perfection irritante. Elle met de l'autobronzant pour atténuer sa pâleur. Elle a les yeux noisette. Dit comme ça, ça fait joli, sauf qu'ils tirent trop sur le jaune pour son teint clair. Même tartinée d'autobronzant, elle n'a pas la bonne couleur d'yeux. Elle m'a toujours déplu. Je la trouve molle comme de la pâte à pain, peut-être parce qu'elle n'a pas de formes à l'exception de ses gros lolos. Mais ce n'est pas sympa de ma part, d'autant que ma silhouette est loin d'être parfaite. Je suppose que si je ne l'aime pas, c'est à cause de son côté « suiveuse ». Elle est tout le temps *là*. On pourrait penser que c'est parce qu'elle n'est pas sûre d'elle ou un truc dans le genre, mais pas du tout : elle a une haute opinion d'elle-même. Mme Bloxam a pincé les lèvres et regardé Megan puis, pivotant sur ses talons, a prié Rosa-Leigh de s'installer à un bureau libre, plus à gauche. J'ai porté mon attention sur Rosa-Leigh. Tout comme le reste de la classe : trente paires d'yeux. Elle a attendu juste assez longtemps pour que tout le monde s'imagine qu'elle n'allait pas bouger. Puis, à la dernière seconde, elle a rassemblé ses affaires et s'est levée.

– Très bien, a-t-elle dit.

Elle a changé de place.

Pour commencer, j'avais cours de dessin. Ensuite venait la pause. Puis l'anglais et l'histoire. À la cantine, Abigail m'a saisie par le bras et entraînée à une table avec elle et Megan. Zara est venue se joindre à nous, et je les ai écoutées papoter au sujet des devoirs, du petit copain de Megan, et du super Noël que Zara avait passé en Espagne. Je n'avais pas grand-chose à dire. Tout a changé au cours du trimestre dernier. Nous voici assises toutes les quatre, et je suis censée oublier qu'Abigail et moi nous moquions constamment de

Megan et Zara, que nous trouvions ennuyeuses et superficielles. Je n'aime toujours pas Megan – et pas davantage Zara, à vrai dire – et Abigail ne les aimait pas non plus. Elle m'a confié, l'année dernière, qu'elle ne faisait pas confiance à Megan et qu'à côté de Zara elle se sentait petite et idiote. Visiblement, ce n'est plus le cas. Je suis donc restée là, à me comporter en fille normale, et à rire quand les autres riaient – parce que c'est comme ça, désormais.

Elles se sont mises à parler de la soirée d'Abigail. (Si elle en donne une, c'est parce que sa mère est absente le week-end prochain.) Megan sera chez Abigail à dix-sept heures, les autres pourront venir à partir de vingt heures. Je fais moi aussi partie des « autres ». D'habitude, c'était moi qui arrivais avant tout le monde. Je me souviens qu'il y a de ça des années, Abi et moi avions invité plein de filles à dormir chez elle. Le jour J, excitées comme des puces, nous avions passé l'après-midi à choisir des films et à amasser chocolat et paquets de chips en prévision de notre festin nocturne. Vingt heures avaient sonné, personne ne s'était pointé. Abi était à deux doigts de fondre en larmes. Tout en nous gavant de chips, nous avions maté la moitié des films avant de réaliser que nous nous étions trompées de jour. Tout le monde avait déboulé le lendemain soir. Or Abi et moi dormions debout, épuisées par notre nuit blanche de la veille. Des années durant, nous avons échangé des blagues sur nos piètres talents d'organisatrices. Il suffisait que l'une de nous prononce les mots « soirée entre filles » pour que l'autre ne puisse s'empêcher de sourire. Je me suis demandé si Abigail était, elle aussi, en train de repenser à ça. Je lui ai jeté un coup d'œil, mais elle regardait ailleurs. Elle était trop occupée à raconter des trucs du genre « Megan a invité les copains de son frère » ou « Megan a des super idées de musique ». J'avais hâte de quitter le réfectoire bondé.

Samedi 7 janvier

Ce soir, pour le dîner, maman a commandé de la nourriture chinoise : poulet au citron, porc sauce aigre-douce, riz cantonais. Nous avons picoré en silence. Sitôt son repas fini, elle s'est levée, a quitté la table et passé le reste de la soirée dans son bureau, avec sa collection. Je suis sortie acheter des croquettes pour la pauvre Bouledepoil et, à peine rentrée, j'ai rempli son écuelle. Elle a ronronné et, reconnaissante, s'est frottée contre mes jambes. J'ai mis la bouilloire en marche. Je comptais demander à maman si elle voulait une boisson chaude mais, parvenue à l'étage, j'ai perçu ses pleurs de l'autre côté de la porte. Je me suis empressée de dévaler l'escalier et me suis fait un thé (sans lait, beurk !) que j'ai bu en solitaire. J'ai allumé l'ordinateur si bien que quand maman est redescendue, j'avais l'air occupée. Elle ne s'est donc pas doutée que je l'avais entendue.

Lundi 9 janvier

Rosa-Leigh – la nouvelle – et moi prenons le même bus pour rentrer chez nous. Mais elle ne m'adresse jamais la parole. Au lieu de ça, à peine entrée dans le bus, elle grimpe à l'étage. J'aime mieux ça. Ainsi, je peux passer tout le trajet à regarder par la vitre sans penser à rien.

Mardi 10 janvier

Ce soir, j'ai fait mes devoirs et passé deux heures devant la télé. Il n'y a jamais rien d'intéressant, à part les émissions du style *Les maçons du cœur* ou des trucs super violents que je ne supporte pas. Dans la mélancolie du soir, j'aurais voulu qu'Abigail m'appelle. C'est quand même ma meilleure amie. C'est parce qu'elle ne sait pas quoi me dire, elle me l'a avoué. N'empêche que j'aimerais qu'elle m'appelle.

Abigail vient tout juste de téléphoner. Bizarre. Je lui ai dit que j'écrivais, et elle m'a demandé quoi. Je lui ai répondu que c'était personnel. Il y a eu un silence gêné, alors que nous étions au téléphone depuis à peine dix secondes, puis elle a changé de sujet. Elle m'a dit que Megan invitait à la soirée son frère et ses copains, ce qu'elle avait déjà annoncé l'autre jour au déjeuner. Elle a ajouté qu'un des copains en question jouait dans une boîte des environs, à Camden. J'ai eu un pincement au cœur à la pensée que c'était avec Megan qu'Abi organisait la soirée. Megan est tout le temps là, désormais.

– Qu'est-ce qui va pas ? a demandé Abigail.

– Rien.

– Ça te dirait de... euh... de passer ?

J'ai envisagé de marcher jusqu'au métro, de prendre un ticket et de me rendre chez elle comme je l'ai déjà fait un millier de fois. Ça m'a donné mal à la tête.

– J'ai des devoirs.

– Tu ne les as pas finis ?

Ça ne te ressemble pas, paraissait-elle vouloir dire.

– Allez, Sophie, viens ! a-t-elle insisté. Qu'on passe un moment ensemble !

– Non. Faut que je te laisse.

Mon ton était plus sec que je ne l'aurais voulu, mais trop tard pour ravaler mes paroles. Je sais qu'elle s'efforce juste d'être gentille, de faire comme si de rien n'était. Mais c'est plus fort que moi. Dieu sait pourquoi, je n'arrive pas à être NORMALE. Tout va bien. Je vais bien. N'empêche que j'agis de façon BIZARRE.

IL FAUT QUE J'AILLE DE L'AVANT.

– Au revoir, ai-je dit.

J'ai raccroché et, ensuite, je n'ai pas arrêté de me faire du mouron. Je me suis demandé si je ne l'avais pas blessée ou mise en rogne. Or quand je l'ai rappelée pour m'excuser, son portable était éteint. J'ai téléphoné chez elle. Sa mère a répondu. Originaire de Russie, elle a un fort accent. Elle est partie quand elle a épousé et suivi le père d'Abi en Angleterre, pays qu'elle a toujours détesté. Son mari l'a quittée quand Abi avait huit ans, trop tard pour qu'elle puisse rentrer dans son pays natal.

Elle m'a dit qu'Abigail s'était rendue chez Zara avec Megan. Je me suis imaginé Abi, Zara et Megan en train de traîner ensemble.

– Et toi, ça va comment ? a-t-elle demandé.

J'aimerais que les gens cessent de me poser cette question.

– Bien, et vous ?

– Ça va. Sauf que, puisque je t'ai au téléphone, Sophie... est-ce que tu trouves qu'Abigail va bien ?

– J'ai l'impression, oui.

– Et toi ? Tu te sens comment ?

– Je vais bien, je vous assure.

J'étais verte. Tout ce que j'aurais voulu, c'est qu'on m'invite à passer chez cette idiote de Zara.

– Merci Mme Bykov. À bientôt.

Mercredi 11 janvier

À mon arrivée au lycée, aujourd'hui, Abigail attendait sous l'arche de pierre. Elle a agité au-dessus de sa tête un bras maigrelet.

– Ohé ! a-t-elle crié.

Ses cheveux roux retombent en boucles indisciplinées. À cause de la bruine, ils étaient, ce jour-là, encore plus frisottés que d'ordinaire. Sans doute a-t-elle surpris mon regard car, comme je m'approchais, elle a lissé ses mèches.

– Je sais, a-t-elle dit. C'est cette saleté de pluie !

J'ai menti :

– Ils sont très bien.

Elle m'a prise par le bras tandis que nous marchions vers le bâtiment principal. Son uniforme sentait la cigarette.

– Qu'est-ce que tu as traficoté ? a-t-elle demandé.

– Pas grand-chose.

– Sinon, ça va comment ?

– Bien.

Je me suis creusé la tête pour trouver quelque chose à dire. Pourquoi parler à ma meilleure amie me faisait-il soudain le même effet que parler à quelqu'un m'abordant dans la rue afin de me soutirer de l'argent pour une association caritative ? Qu'est-ce qui clochait chez moi ?

– Ça avance, les préparatifs de la soirée ? suis-je enfin parvenue à lui demander.

– Super. Si ça te dit, tu peux arriver avant, comme Megan. À cinq heures. (Long silence.) Seulement si tu en as envie...

J'ai eu un frisson de joie. Tout se passerait bien.

– Bien sûr, ai-je dit. OK.

– Parmi les copains du frère de Megan, il y a des mecs trop mignons. Il y en a un à qui je n'arrête pas de penser. Il est grand, avec des yeux bleus À TOMBER PAR TERRE... (Elle s'est interrompue.) Eh bien, ça fait plaisir de voir que tu vas tellement mieux. Le trimestre dernier, j'avais peur que tu... euh... que tu ne t'en remettes jamais.

– Ouais, ai-je dit.

Nous nous trouvions à présent dans le couloir menant à la salle de cours. La cohue me donnait des suées, à voir toutes ces filles se presser. Je craignais, pour peu que la foule augmente, que ça se termine comme un de ces concerts dont on parle dans les journaux, où des gens meurent piétinés. Une goutte de sueur a coulé sous mon chemisier. De ma main libre, j'en ai relevé le col.

– Oui, je vais vraiment bien.

Elle m'a serré le bras.

– Tant mieux. Tu m'as manqué.

– Ouais.

C'est ce que j'avais souhaité lui entendre dire. Alors pourquoi ne parvenais-je pas à reprendre mon souffle et à me concentrer sur le moment présent ?

– Tu sais que tu es ma meilleure amie, hein ?

Une fille m'a bousculée, me donnant un coup à l'épaule. Dans ma tête, le mouvement s'est accéléré, et les filles se sont mises à hurler comme des poulets qu'on égorge. Une terreur sans nom m'est montée le long du dos telle une langue de feu. J'ai bafouillé :

– Je viens de me rappeler... J'ai oublié un truc dans la salle de dessin.

– Je viens avec toi.

– Non, ça risque de te mettre en retard.

J'ai affiché un sourire d'automate.

Abi a plissé les yeux, mais je m'éloignais déjà. Il fallait que je sorte de là.

– À plus tard ! me suis-je écriée.

Je me suis frayé un chemin dans cette forêt de membres enchevêtrés, pour pouvoir sortir respirer. Par une petite porte, j'ai gagné l'extérieur.

Une fois dehors, je me suis ressaisie et me suis demandé ce que j'allais faire à présent. Je n'avais aucun besoin de retourner à la salle de dessin. Trop tard pour aller retrouver Abigail et la prier de me pardonner mes délires. Je suis allée me planter sur la piste bétonnée qui domine le terrain de sport – lequel consiste en une pelouse mal entretenue, striée de bandes boueuses là où les filles l'ont déchiquetée en faisant la course et en jouant au hockey. Des gouttes de pluie ont mouillé mes cils. Un jour de grisaille, rien de plus. Inutile que je me souvienne du reste.

Jeudi 12 janvier

Tout ce que je veux, c'est oublier. Quand j'ai dit ça à cette idiote de « Mme-Brown-mais-je-t'en-prie-appelle-moi-Lynda » qui est ronde et douce et me regarde avec des yeux de chaton blessé quand je refuse de lui parler, elle m'a gentiment répliqué :

– Tu le penses vraiment ? Moi, je ne pense pas que cela puisse t'aider, d'enfouir tout ça au fond de toi.

Elle se trompait tellement que ça m'a donné envie de hurler. Au lieu de quoi, j'ai décidé de ne pas dire un mot de toute l'heure. Je m'ennuyais au point d'avoir l'impression que la langue allait me tomber de la bouche comme une limace d'une laitue. Il me fallait garder les yeux ouverts, car si je les fermais je voyais Emily. Or c'était bien la dernière chose que je souhaitais. Mais les garder ouverts, c'était avoir à supporter l'expression patiente et compatissante de Lynda. Ça m'a tellement écœurée que j'ai bondi de la chaise et suis sortie de la pièce comme une furie, claquant la porte derrière moi. Le bâtiment où elle exerce est une banale maison de brique à deux niveaux, située dans une rangée de demeures toutes identiques. Les rideaux sont jaunes – une couleur gaie, histoire de remonter le moral des patients. Dans la rue, je me suis éloignée d'un pas résolu.

J'ai entendu Lynda me crier après et me suis faufilée dans un magasin. J'ai erré entre les rayons, puis je me suis dirigée vers la caisse, où j'ai regardé les cigarettes. J'aurais voulu m'acheter un paquet, alors que je ne fume même pas. J'ai plongé la main dans ma poche. Pas d'argent. Le caissier, un maigrichon, m'a remarquée et a froncé les sourcils. Abigail et Megan fument, pas Zara ni moi. L'espace d'un instant, je me suis demandé si tout ne redeviendrait pas comme avant, avec Abigail, si je devenais moi aussi fumeuse. Mais c'était idiot.

– Je peux vous aider ? a dit l'homme.

Je n'ai pas répondu. Je me suis empressée de sortir de la boutique.

2

Avec des bagues aux doigts, des nœuds dans les cheveux

Vendredi 13 janvier

C'est aujourd'hui qu'a lieu la soirée d'Abigail. Au moins, maman me dépose en voiture, je n'aurai donc pas à prendre le métro.

Je ne sais pas comment m'habiller. J'ai appelé Abigail pour avoir son avis sur la question, mais sa ligne était occupée. Tout comme celle de Megan. Je suis restée des plombes assise sur mon lit, à essayer de ne pas me laisser contrarier par le fait qu'elles devaient être en pleine conversation l'une avec l'autre. Je suis vraiment lamentable.

Pour finir, j'ai rappelé Megan, qui cette fois-ci a répondu. Je n'avais bien sûr rien à lui dire, ayant composé son numéro dans l'unique but de savoir si elle parlait toujours avec Abigail. Le seul truc que j'ai trouvé à lui demander, c'est son opinion sur ce que je devais me mettre. À son ton, j'ai compris qu'elle me trouvait pathétique. Mais elle a répondu :

– Moi, je porterai une jupe, et un top que j'ai acheté avec Abi le week-end dernier.

Je ne suis pas à l'aise en jupe. J'irai en jean.

Samedi 14 janvier

Il est très très tard, et je rentre à peine de la soirée. J'ai bien fait de mettre mon jean. Megan était en jean, comme toutes les autres. En jupe, j'aurais eu l'air de la dernière des nases.

J'ai mal dormi. J'ai fait un rêve horrible où j'étais prisonnière dans un puits qui se remplissait d'eau, et puis le décor a changé et j'ai rêvé de la fête. À mon réveil, j'ai mis un moment à distinguer le cauchemar de ce qui s'était vraiment passé. J'en ai tellement ras le bol des cauchemars que ça me donne envie de ne plus dormir du tout.

Je suis donc arrivée en retard chez Abigail, à force d'hésiter sur ma tenue. Megan et Abi étaient en train de se maquiller dans la chambre de cette dernière. J'adore sa chambre, j'y ai dormi des tas de fois. J'aime les murs orange, le couvre-lit mexicain rouge et jaune et les étagères, de simples planches reposant sur des briques, qui courent le long du lit. Au-dessus de celui-ci, un grand batik avec le soleil et l'océan. Son frère le lui a ramené d'Indonésie. Abi n'est plus trop fan de ce genre de trucs – c'est trop fantaisiste à son goût. Elle aime les choses plus branchées. N'empêche, je trouve que ça transforme toute sa chambre en un grand coucher de soleil.

Assise en tailleur sur le lit, Abi était penchée sur le miroir de sa sœur, appliquant de l'anticerne sous ses yeux.

– Je déteste ma débile de sœur.

Alors elle m'a regardée, bouche bée, les mots demeurant suspendus entre nous. Très vite, elle a ajouté :

– C'est qu'elle est tellement agaçante ! Elle m'a hurlé dessus parce que j'ai pris son miroir. Heureusement, dans quelques jours elle retourne à la fac.

Ne trouvant rien à dire, je me suis mise à farfouiller dans son armoire.

– Tu ne veux pas emprunter mon chemisier blanc ? a-t-elle demandé.

J'étais soulagée qu'elle change de sujet.

– Carrément, j'ai dit.

Le chemisier en question faisait ressortir mes seins. Elle m'a balancé un pantalon.

– Je ne rentre plus dedans. Tu es beaucoup plus mince que moi ces temps-ci.

Megan restait silencieuse. À croire qu'elle n'était pas dans la pièce.

– Comment va ta mère ? a demandé Abigail avec douceur.

J'ai haussé les épaules.

– Mal. Elle consacre tout son temps à sa collection.

J'ai aussitôt regretté d'avoir parlé car Megan a lancé, de sa voix nasillarde :

– Quelle collection ?

– Oublie ! j'ai dit.

Mais Abigail avait déjà embrayé :

– La maman de Sophie collectionne les objets que d'autres ont perdu.

D'un regard noir, je lui ai intimé de se taire, mais trop tard. Elle a continué sur sa lancée :

– Des gants qui traînent par terre, des photos oubliées dans les livres de la bibliothèque, des bouts de papier qu'on laisse tomber. Des petits mots et des trucs comme ça... Elle a des tas de piécettes, un énorme bocal rempli à ras bord, tu vois le genre ? Et de très jolis bijoux.

Megan a rentré son bâton de rouge dans son tube.

– C'est zarbi, a-t-elle dit.

Abi a apparemment réalisé que ça pouvait me gêner, car elle a rougi et regardé ailleurs, mal à l'aise.

– Tu veux une cigarette ? a-t-elle demandé, alors qu'elle sait bien que je ne fume pas, comme si ça pouvait annuler ce qu'elle venait de révéler à Megan.

– Non merci.

J'ai tourné les talons pour lui faire sentir que j'étais contrariée, me suis faufilée dans la salle de bains. J'ai respiré profondément, puis j'ai changé de chemisier. Le blanc faisait ressortir mon regard vert. J'ai mis du mascara – uniquement sur les cils du haut, comme j'ai lu qu'il fallait le faire, de façon à ce que ça ne bave pas sous les yeux. La sonnette de la porte d'entrée a retenti, les invités commençaient à arriver.

Dans la pièce du fond, les canapés avaient été disposés le long d'un mur et la sono installée sur la table, à côté de la porte-fenêtre. Zara s'est pointée dans une de ces tenues rose bonbon qu'elle seule pouvait porter : une couleur pareille m'aurait donné l'air d'un fantôme. Le frère de Megan et d'autres mecs se chargeaient de la musique. Bientôt la fumée de cigarette a formé comme des toiles d'araignée aux quatre coins de la pièce.

Abi et Megan gloussaient. Toutes deux buvaient à la même bouteille de vodka, absorbées par leur conversation. J'ai erré dans la maison. Dans les deux grands canapés du salon étaient assis des inconnus, serrés comme des sardines. Ayant décidé que je préférais leur compagnie à celle d'Abigail et Megan, je suis entrée dans la pièce. Deux mecs ont bougé pour me faire de la place. Celui à côté de qui j'étais m'a demandé comment je m'appelais et à quel lycée j'allais. Peu disposée à discuter, je me suis contentée de répondre par « oui » ou par « non ». Il a laissé tomber et s'est remis à discuter avec son pote. C'est alors qu'on arrive au moment crucial. Parce que j'ai rencontré un garçon hier soir. (Moi ? Je n'en reviens toujours pas !)

J'étais donc assise là, quand il est entré dans la pièce. Il mesurait au moins un mètre quatre-vingt-cinq. Sur sa chemise on pouvait lire : « Et que ça saute ! ». Lisant et relisant ces mots, je tentais de décider s'ils étaient marrants, grivois, ou Dieu sait quoi d'autre...

IL S'EST AVANCÉ VERS MOI.

– Je m'appelle Dan.

J'ai hoché la tête, incapable de parler. Il avait le teint mat, les yeux bleus. Je n'ai pu m'empêcher de songer qu'Emily aurait remarqué la beauté de ses yeux. Ils étaient bleus comme ces globes terrestres que les gens ont parfois sur leur bureau. Maman en a un, sa surface presque entièrement recouverte par l'océan. Les yeux de Dan me le rappelaient. Sauf que le bleu du globe est sans nuances, alors que les yeux de Dan ont de la profondeur. À croire qu'ils ressortent d'un plongeon dans l'océan. Bleu Bleu Bleu.

Un de mes voisins s'est levé. Dan m'a demandé s'il pouvait s'asseoir. J'ai souri.

– Bien sûr.

– J'ai remarqué que tu ne parlais avec personne, a-t-il dit d'une voix grave et amicale.

– Euh... je suis peut-être timide ?

Il a souri, comme s'il trouvait ma réponse drôle, ou mignonne, ou un truc dans ce goût-là.

– Voyons si je peux t'aider à surmonter ça.

J'avais des papillons dans le ventre. On a discuté, discuté... Voici tout ce dont je me souviens : il a dix-sept ans, il fréquente le lycée Saint-Philips. Il veut étudier la philo. Il aime le poulet frit parce qu'il a passé un mois quelque part en Amérique, et qu'il y a mangé quantité de poulets frits. Il veut partir plus longtemps la prochaine fois : en Amérique du Sud et à Bali. Quand il a dit le mot « Bali », j'ai pensé à ce qui s'y était passé et mon sang s'est glacé. Mais comme il a continué sur sa lancée, sans doute n'y a-t-il vu que du feu. Euh... et il est iranien. Enfin, pas lui mais son père. Sa mère est née près de chez moi, à Islington. J'aurais voulu lui demander si ses parents étaient séparés ou bien toujours ensemble, à quoi ressemblait l'Iran et s'il s'y était déjà rendu, et si son père était musulman – bien que ça ne change rien, qu'il le soit ou pas.

Je pensais à toutes ces choses, et ne devais pas parler beaucoup, puisque Dan a fait remarquer :

– Tu es vraiment jolie quand tu es perdue dans tes pensées.

J'ai failli tomber du canapé. On aurait dit que tout s'était figé dans la pièce. À part mon cœur qui battait comme l'aiguille du vieux tourne-disque de maman, coincée dans le sillon d'un trente-trois tours. Abigail a titubé jusqu'à nous. Elle s'est assise sur l'accoudoir du canapé, cherchant à reprendre son équilibre. Puis elle s'est penchée vers nous et a dit d'une voix pâteuse :

– Dan, je vois que tu as fait la connaissance de Sophie, ma meilleure amie.

J'ai croisé les bras sur ma poitrine, et détourné la tête. Je voulais qu'elle s'en aille, qu'elle cesse de se tripatouiller les cheveux et de sourire à Dan. Mais il ne lui prêtait pas la moindre attention. Au lieu de ça, il a dit :

– Alors c'est comme ça que tu t'appelles ?

Nos regards se sont croisés, et un frisson M'A TRAVERSÉ TOUT LE CORPS.

– Tu permets que je te l'emprunte ? lui a lancé Abi.

Me saisissant par le poignet, elle m'a entraînée dans la pièce d'à côté.

– Qu'est-ce qui ne va pas ? j'ai demandé.

Puis :

– Tu es complètement saoule !

Ça peut paraître méchant comme remarque. En fait, j'étais surtout surprise. Abi déteste être ivre, à cause de sa mère.

– J'ai une terrible envie de vomir, Sophie.

Elle tenait la main devant sa bouche et a dit, entre ses doigts :

– C'est très calorique, la vodka ?

– J'en sais trop rien.

– Je vais vomir.

– En quoi je peux t'être utile ?

– Je veux pas que les autres s'en rendent compte.

J'ai jeté un coup d'œil aux mecs plus âgés, à tous ces gens qui fumaient et dansaient. J'ai réalisé ce que pouvait ressentir Abigail à l'idée d'être malade devant tous ses invités. Je l'ai accompagnée à la salle de bains, où j'ai retenu en arrière ses cheveux humides pendant qu'elle vomissait. Dans cet espace réduit, l'odeur âcre était écœurante. Je suis quand même restée avec elle pour l'aider à se laver le visage et lui faire faire un bain de bouche.

Quand on est retournées en bas, musique et voix se mêlaient en un vacarme d'enfer. J'ai cherché Dan des yeux, en vain. J'étais triste et fatiguée. Quand je deviens comme ça, je ne supporte personne auprès de moi. J'ai appelé un taxi qui a mis un temps fou à arriver. Le chauffeur m'a fait payer plus cher sous prétexte que *lui* m'avait attendue – ce qui était faux mais je n'étais pas d'humeur à protester.

Dimanche 15 janvier

Aujourd'hui, maman et moi nous tournons autour comme des chats. On dirait qu'elle n'a pas saisi que j'avais repris le lycée depuis un bail. Elle n'arrête pas de me demander si j'ai tout ce dont j'ai besoin pour lundi. Je n'ai rien de ce dont j'ai besoin, mais ça, impossible de le lui dire.

Elle est venue s'asseoir sur le bord de mon lit. Elle avait le regard éteint : terne et désespéré. Je suis restée silencieuse. Elle non plus n'a pas dit un mot. Soudain, elle est ressortie comme elle était entrée.

Je me suis levée du lit et l'ai suivie. Elle est entrée dans son bureau, la porte s'est refermée avec un « clic ». Je l'ai écoutée pleurer un petit moment. Je ne voulais pas entrer, me retrouver au milieu de sa collection d'objets perdus. Mes mains se sont mises à trembler. Je suis retournée dans ma chambre. J'ai allumé la télé, en réglant le son assez fort pour que les pensées cessent de tournoyer dans ma tête telles des danseuses affolées.

J'aimerais parvenir à m'endormir, cesser de gamberger. Maman est ENCORE dans son bureau avec sa collection, pas question d'y mettre les pieds. La seule idée de franchir le seuil me fait flipper. Pourquoi cette collection compte-t-elle tant à ses yeux ? Et qu'est-ce que ça signifie, collectionner des objets perdus ? Bizarre, comme certaines questions ne sont jamais posées dans une maison, comme certaines choses ne sont jamais dites. Je voudrais dire à maman de ne pas passer autant de temps dans cette pièce. Je voudrais qu'elle sorte et qu'elle me parle, mais par où commencer ?

Lundi 16 janvier

À mon retour de l'école, maman se battait avec le sapin de Noël, qu'elle tentait de retirer de son socle. L'arbre était couvert d'aiguilles marron qui se répandaient sur le sol dès qu'elle y touchait. Les petites aiguilles mortes paraissaient très inflammables, et j'imaginais que l'arbre et maman partaient, dans une brusque explosion, en flammes et en fumée. Maman pousserait un cri et tomberait à terre, en essayant de reprendre son souffle. J'ai fermé un moment les yeux afin de chasser l'image. Les mains dans les poches, je me suis appuyée au chambranle de la porte. Mais alors, je me suis souvenue de l'affreux Noël que nous avions passé. Maman ne s'était pas donné la peine de préparer une dinde ou un truc dans le genre – elle ne cuisine plus – et ni elle ni moi n'avions acheté de cadeaux. Maman avait dit qu'elle ne pouvait rien imaginer de pire – donc pas de cadeaux. Si ce sapin débile était là, c'est uniquement parce que les Haywood nous l'avaient apporté.

Le jour de Noël, maman et moi sommes restées dans le salon à tenter, en vain, de trouver des choses à nous dire. Je jure que je voyais Emily assise sur le canapé d'en face, faisant des blagues et des grimaces, tandis que maman riait de ses singeries. J'ai fermé les yeux de toutes mes forces et ordonné à mon cerveau d'arrêter ça.

Parce que ça ne se serait jamais passé ainsi. Même autrefois, maman ne rigolait pas beaucoup. Elle occupait son temps à nettoyer et à ranger la maison. Quand elle se décidait à s'asseoir, elle pinçait les lèvres comme s'il lui en coûtait.

Un jour, il y a de ça des années, un couple était venu dîner. Des amis de maman. Elle était assise sur le canapé, les pieds ramenés sous elle. Elle avait retiré ses souliers, qui traînaient sur le sol. Elle buvait du vin rouge, et sa bouche était devenue toute violette. Elle faisait de grands gestes, les mains semblables à des oiseaux, et elle s'esclaffait. Soudain, elle me rappelait Emily : libre, drôle, gaie. Je parie que dans sa jeunesse, maman était la copie conforme de ma sœur. C'est pour ça, je crois, qu'elle l'a toujours préférée à moi, parce qu'elle reconnaissait en elle la jeune fille qu'elle avait été. Mais elle a bien changé, après toutes ces années à nous élever seule, en travaillant à plein temps. Toujours est-il qu'elle n'a pas repris le boulot, alors que j'ai repris le lycée à la fin de l'été.

Je l'ai regardée tirer sur le sapin. Incapable de supporter plus longtemps ce spectacle, je me suis glissée hors de la pièce et suis montée à l'étage, où j'ai mis la musique à fond.

Par-dessus le vacarme, elle a hurlé :

– Sophie, tu ne vois pas que j'ai besoin d'aide ?

Je sais que c'est affreux de ma part, mais j'ai augmenté le volume avec la télécommande, fait celle qui n'avait rien entendu.

Mardi 17 janvier

Les cours ont été ennuyeux, interminables. À mon retour à la maison, maman n'est même pas descendue dîner. La seule fois où je l'ai entraperçue, ce soir, elle avait le visage hagard, comme érodé.

Jeudi 19 janvier

Aujourd'hui, le fameux prof de danse est venu nous donner un cours exceptionnel. C'est le type le plus dingue, le plus déjanté du monde. Avec son mètre soixante-cinq, il n'est pas plus grand que moi. Gainé de

Lycra rouge cerise, il arborait une calvitie qui s'accordait mal avec sa tenue voyante. Il nous a appris une chorégraphie de malade. Ça commençait par deux roues, suivies par un *tombé*, un *soutenu* (ou un truc du genre) et un poirier, pour finir par des gestes empruntés, nous a-t-il expliqué, au langage des signes. Le tout sur une musique électronique bizarroïde, tout en bips et coups de sifflet.

Une seule personne est parvenue à s'exécuter : Rosa-Leigh, la nouvelle. Alors que nous nous creusions toutes la tête pour nous remémorer le mouvement suivant, Rosa-Leigh a effectué un enchaînement quasi parfait. Le prof la complimentait sans cesse. J'ai voulu aller la féliciter au moment de l'appel, après le déjeuner. Mais comme elle était occupée à écrire – un poème sans doute – je n'en ai rien fait.

Je me demande ce que ça fait d'écrire un poème. Je ne saurais même pas par quel bout le prendre.

Mardi 24 janvier

Emily a fréquenté le même lycée que moi. C'était une star parmi les élèves, particulièrement douée en dessin. Je regrette d'avoir pris l'option dessin vu que Mme Haynes, la prof, me déteste. Je suis sûre que chaque fois qu'elle me regarde, ça lui rappelle Emily.

Il y a eu cours de dessin aujourd'hui. Mme Haynes a voulu que je lui remette mon étude préparatoire.

Franchement, c'est pas débile ? Une étude préparatoire pour un tableau ? Pourquoi ne pas peindre directement, au lieu de perdre du temps à faire une esquisse avant ? J'ai tenté de lui expliquer que je ne comprenais pas à quoi ça servait et elle a hurlé :

– Sophie, nous ne pourrons pas te pardonner éternellement ton incapacité à faire le travail demandé !

Sans doute s'est-elle rendu compte qu'elle avait passé les bornes, car elle a aussitôt rougi. Je lui ai toujours trouvé l'air d'une petite sorcière, à cause de ses traits anguleux et de ses cheveux hérissés. Mais à cet instant, on aurait dit une gosse, avec son expression coupable et désolée. Puis, reprenant son visage de furie, elle a sifflé :

– Si tu ne sais pas ce qu'est une esquisse, je ne vois pas comment tu vas réussir ton examen.

Elle s'est éloignée, droite comme un I.

Abigail et Megan étaient assises à la même table que moi. Abigail a dû sentir que j'étais au bord des larmes car, quand j'ai surpris son regard, elle me souriait avec une expression d'impuissance.

La fureur m'a gagnée tout entière, j'avais les joues en feu. J'ai fourré mes affaires dans mon sac, laissant tomber mes crayons sur le sol. Je les ai abandonnés là, et me suis éloignée.

– Où est-ce que tu vas ? a crié Mme Haynes.

J'ai continué à marcher, le visage toujours brûlant. J'ai quitté la pièce d'un pas vif, claquant la porte derrière moi.

Se balader dans un lycée quand tous les autres sont en cours fait l'effet de parcourir un cimetière. Quel silence ! Mes pas résonnaient tandis que je dévalais l'escalier. Je me suis demandé quel effet ça faisait de gravir les marches blanches qui mènent au paradis – à supposer que le paradis existe. Mais moi je descendais, et chaque marche me séparait un peu plus du paradis. Des larmes tièdes ruisselaient sur mes joues. J'ai poussé les portes battantes pour gagner l'extérieur. Une faible pluie s'était mise à tomber. Ma chemise était mouillée, je n'avais pas pensé à prendre mon manteau. J'espérais qu'Abi songerait à me rapporter pull et blazer, abandonnés sur le dossier de ma chaise. J'ai rabaissé ma jupe, de façon à ce qu'elle me recouvre presque entièrement les jambes. Frissonnante, je me suis précipitée vers l'abri en tôle ondulée situé derrière le terrain de sport, où Abi et moi traînions souvent. Elle fumait, pendant que je blablatais. Abi et moi y avons passé tant d'heures, à faire des projets d'avenir, à nous raconter nos histoires de famille – sa mère qui boit trop, ma mère qui bosse trop, et nos sœurs, et son frère... – et à parler des mecs, du lycée, et de tout le reste. Je vais devoir faire davantage d'efforts avec Abi. C'est moi qui fiche toujours tout en l'air. Étonnant qu'elle ait encore de l'affection pour moi ! Le terrain de sport était un vrai marécage. Je redoutais qu'un enseignant ne m'aperçoive depuis le bâtiment principal. Je m'imaginais la prof de musique quittant précipitamment sa salle pour me ramener à l'intérieur. Or personne n'est sorti. Personne ne se souciait de moi.

Je m'attendais à trouver l'abri désert, mais Rosa-Leigh s'y trouvait déjà, les bras serrés autour de la taille tandis qu'elle se balançait d'un pied sur l'autre. Les yeux rivés sur les arbres, elle semblait ne pas m'avoir remarquée.

– Qu'est-ce que tu fais là ? ai-je demandé.

Elle a haussé les épaules.

– Aucune idée. Je pourrais te poser la même question.

– Je déteste Mme Haynes, j'ai répliqué, comme si cela expliquait quoi que ce soit.

– Moi c'est l'Angleterre tout entière que je déteste. Je voudrais pouvoir retourner chez moi.

– Moi aussi, ai-je dit.

– Ah oui, où ça ? a-t-elle demandé.

Elle a vraiment dû me prendre pour une idiote.

– Oublie !

Elle s'est avancée vers le devant de l'abri et a tendu le cou pour observer le ciel.

– Il pleut tout le temps ici.

– Je sais.

– Comment t'arrives à supporter ça ?

– C'est sans doute une question d'habitude, ai-je dit.

Puis :

– Je me suis cassée du cours de dessin. Je vais sûrement être collée.

– Tu trouves pas ça débile, d'être obligée de porter un uniforme ?

– C'est pas le cas au Canada ?

Elle a secoué ses cheveux, lisses malgré la pluie.

– Vaut mieux que j'y retourne, ai-je déclaré.

– Tu ne peux pas, si tu es partie au milieu du cours.

– Je te dis pas ce que je vais entendre.

– Je me ferais pas trop de souci à ta place.

Elle a ramassé son sac.

– Tu sais, a-t-elle fait remarquer, je ne voulais pas être aussi... enfin... aussi désagréable... le jour où on s'est rencontrées.

– T'inquiète !

J'ai cherché quelque chose à ajouter. Pour dire enfin :

– C'est pas facile d'être la nouvelle.

Elle m'a souri, comme si elle m'était reconnaissante. Je la trouve vraiment jolie. J'aimerais lui ressembler davantage. Elle s'est éloignée, lançant par-dessus son épaule :

– Si je m'absente plus longtemps, Mlle Sparrow va se douter que j'étais pas aux toilettes.

– Tu as super bien dansé, l'autre jour, avec ce prof ! lui ai-je crié.

J'ai eu peur d'avoir été lourde. Mais elle avait déjà disparu.

Chez nous, à l'étage, la fenêtre de la salle de bains donne sur un toit plat. Je peux m'y faufiler et, assise dehors, observer les allées et venues des voisins, tout en bas. Je distingue aussi les toitures des maisons alentour et le ciel orangé et dépourvu d'étoiles du nord de Londres, qu'éclairent des millions de réverbères. Les phares des voitures caressent les arbres en forme de brocolis ; un train passe dans un bruit de tonnerre, les ténèbres se refermant dans son sillage. C'est là que je suis assise en ce moment, là que j'écris, même s'il fait assez froid pour que mes doigts me fassent l'effet de petits os cassants, sans peau ni sang.

C'était l'été, il y a de ça un an et demi. Emily et moi nous étions hissées sur le toit, maman dormant depuis un bon moment. Le jour ne se lèverait pas avant plusieurs heures, mais nous étions déterminées à rester éveillées jusqu'à l'aube. Bouledepoil − c'est moi qui l'avait prénommée ainsi, preuve que l'originalité n'était pas mon fort (comme le soutenait Emily) − nous avait rejointes et marchait sur le bord du toit, sa silhouette se découpant dans le clair de lune. Nous avions apporté du chocolat chaud dans une Thermos, deux sacs de couchage et une minichaîne. On a écouté un vieux CD de Suzanne Vega, qui appartenait à ma mère, et dont Emily ne se lassait pas. Cette chanson où elle raconte qu'elle est assise dans un café, verse du lait dans sa tasse, regarde par la vitre... Emily a remis le morceau.

Elle a parlé de décoration intérieure, de peinture. Elle devait entrer aux Beaux-Arts de Leeds à la fin de l'été. On a aussi parlé de maman. J'ai sauté des titres du CD pour arriver à cette chanson où il est question de Christophe Colomb.

– Tu savais qu'il était espagnol ? ai-je dit.

– Qui ça ?

– Christophe Colomb.

– Pas du tout, il était italien.

Elle m'a regardée, comme pour voir si j'oserais la défier. Avec ses trois ans et deux mois de plus que moi, elle savait tout.

Je n'ai rien trouvé à dire. Au bout d'un long moment, elle a sorti, comme ça, sans transition :

– Tu sais que la première personne à avoir survécu à la descente des chutes du Niagara en tonneau est une femme ? Elle s'appelait Annie. La première chose qu'elle a dite, aussitôt après, c'est : « Nul ne devrait subir ça à nouveau. »

J'ai gloussé. Je me suis mis la main sur la bouche pour tenter d'étouffer mon rire.

– Qui aurait idée de faire une chose pareille ?

– Tu imagines ? Fermer le tonneau, brimbaler sur une rivière au débit délirant, et te jeter dans le vide. Soit c'est marrant soit c'est terrifiant.

– Ou dingue.

– J'ai lu qu'elle avait emporté un chat, c'est ça le truc le plus dingue.

J'ai attrapé un autre fou rire, sans pouvoir m'arrêter cette fois-ci. Elle aussi s'est esclaffée. Je me rappelle avoir regardé ses yeux noisette dans la lumière argentée, ses longs cheveux blonds retenus en chignon par deux crayons et son visage carré constellé de taches de rousseur, et regretté que nous ne passions pas davantage de temps ensemble.

On a écouté la fin de l'album, puis on l'a remis au début. On a joué aux cartes. Bouledepoil est venu frotter sa tête contre la main d'Emily. On est restées un moment silencieuses. Je lui ai parlé d'un garçon qui me plaisait.

– Steve qui vit au bout de la rue ? Ce Steve-là ? a-t-elle rétorqué.

– Il est mignon.

– Il fait drôlement jeune ! Il a quoi ? Seize ans ?

– Il a un an de plus que moi !

– Il les fait pas.

– N'empêche qu'il me plaît.

– Alors pourquoi ne pas lui demander de sortir avec toi ?

Après m'être penchée sur la question, je lui ai dit que je suivrais peut-être son conseil, tout en sachant que je ne ferais jamais rien de pareil. Si seulement j'étais capable, comme Emily, d'inviter moi-même un garçon...

Au loin, le ciel a commencé à changer.

– C'est comme si un géant pelait la nuit comme une orange, ai-je dit. Dieu, par exemple.

Aussitôt, je me suis fait l'effet d'une idiote. Mais Emily a répliqué qu'elle partageait mon impression que quelque part les dieux peignaient et repeignaient le ciel, sculptant les nuages et modifiant leur position, dans leur quête éternelle d'une esthétique parfaite. Je ne savais pas ce que signifiait « esthétique », mais je ne voulais pas le lui demander. C'était le genre de mots que maman et elle utilisaient volontiers dans leurs conversations sur l'art, auxquelles je ne comprenais pas grand-chose. J'ignorais si Emily croyait ou non en Dieu. Mais c'était un sujet trop grave pour chercher à y répondre tout de suite. Bien sûr, à présent, je regrette de ne pas lui avoir posé la question.

Au lieu de regarder le lever du soleil, c'était elle que je regardais. Elle avait rapproché les genoux de sa poitrine. Coinçant une boucle de cheveux clairs entre ses doigts et ses lèvres, elle avait une expression distante. Je me suis détournée pour regarder le ciel. À l'est, un éclat orange vif avait surgi, au-dessus des toits. Après avoir attendu tout ce temps, je m'étais débrouillée pour louper l'arrivée du jour.

Vendredi 27 janvier

Aujourd'hui, pendant ma colle, Mme Haynes a passé le temps assise à son bureau à griffonner, pressant si

51

fort le stylo sur la page qu'elle a sûrement dû y laisser des trous. Son visage colérique était tout en angles saillants. Je me suis efforcée de l'imaginer ado, d'imaginer à quoi elle ressemblerait si elle était l'une de mes camarades de classe. Je me suis dit qu'elle serait sans doute du genre Zara : fringues parfaites, coiffure parfaite, dents parfaites et méchants regards distribués à la ronde. Le plus agaçant, c'est que toutes les filles (sauf moi) rêvent d'êtres amies avec Zara, bien qu'elle nous trouve toutes immatures. En ce moment, elle sort avec un mec qui a huit ans de plus qu'elle. J'aimerais bien, moi aussi, avoir un petit copain.

L'heure de colle me paraissait interminable jusqu'à ce que, cessant soudain de penser à Mme Haynes ou à Zara, je me mette soudain à nous revoir assises sur le toit, Emily et moi. Du coup, je n'ai pas vu arriver la fin de l'heure. Il m'a fallu attendre le bus sous la pluie. Même s'il a mis des plombes à se pointer, et qu'il faisait un froid de canard, j'avais perdu toute notion du temps. Je me croyais encore sur le toit, avec Emily, à attendre que le jour se lève. Et je me sentais bien.

3

L'hiver argenté

Jeudi 2 février

Aujourd'hui, à la cafèt', je me suis acheté des frites et des nuggets, et suis allée m'asseoir avec Abigail et Megan. La salle était bourrée à craquer, et j'ai commencé à me demander ce qui arriverait si un feu se déclarait. L'alarme hurlerait et le système de protection incendie se déclencherait, arrosant depuis le plafond la foule en proie à la panique : des filles couraient dans tous les sens, se piétinant les unes les autres en cherchant la sortie. La chaleur et la fumée étouffante nappant la terreur comme la sauce nappe un rôti.

Zara nous a rejointes, se laissant lourdement tomber sur sa chaise.

– Purée, cette journée ne finira jamais ! a-t-elle soupiré. Chaque fois qu'elle dit quelque chose, ça sonne comme un soupir. J'ai imaginé des flammes dansant, tels des petits démons, sur ses cheveux courts.

– Heureusement que j'ai Alec ! Pas vrai, qu'il est adorable ?

Elle utilise tout le temps des mots du genre « adorable ». Elle a entrepris de nous décrire, dans les moindres détails, tous les câlins et patins qu'elle et Alec avaient échangés à la soirée. Comme si ça ne s'était pas passé carrément sous nos yeux ! Même si j'aurais préféré ne pas m'y intéresser, je tendais l'oreille. Les autres non plus n'en perdaient pas une miette. Abi et Megan étaient fascinées par ce que disait Zara au point de n'avoir pas touché à leur assiette. Quand j'ai proposé l'un de mes nuggets à Abi, elle a regardé Megan comme si cette dernière savait quelque chose que j'ignorais.

– On ne peut pas toutes se permettre de manger autant que toi, a fait remarquer Megan.

Après ça, mon déjeuner m'a paru moins bon.

Lundi 6 février

J'ai dû aller voir Lynda, ce soir, après les cours. Je ne voulais pas qu'elle appelle maman pour lui dire que j'avais quitté la séance.

Personne (à part maman, qui m'a envoyée chez elle) ne sait que je la consulte. On m'aura au moins épargné ça.

J'ai fait l'effort de lui présenter mes excuses. Lynda était assise là, un doigt sur la bouche, une expression affreusement compréhensive sur sa figure d'andouille.

– Prends une chaise et oublions tout cela, a-t-elle dit.

Ça m'a donné envie de repartir aussitôt, mais je me suis forcée à m'asseoir. De toute l'heure, je n'ai pas prononcé un mot. Elle ne me fera pas parler. Ou me souvenir.

Jeudi 9 février

Ce soir, Rosa-Leigh et moi avons attendu le bus pendant des plombes. Nous ne nous sommes pas dit grand-chose parce qu'il pleuvait et que la nuit tombait. Toutes deux, nous rentrions la tête dans les épaules. Des voitures passaient à toute allure, faisant gicler l'eau sur les trottoirs luisants. Je me les imaginais dérapant violemment. Sans cesse, j'assistais en pensée à des accidents automobiles : je voyais la terreur des chauffeurs, l'horreur de ces quelques secondes où le conducteur perd le contrôle de son véhicule.

Le bus est arrivé. En y grimpant, Rosa-Leigh et moi nous sommes bousculées sans le faire exprès. Elle m'a souri gentiment et m'a suivie à l'arrière. D'habitude, elle monte à l'étage.

– Tu as eu une colle pour être partie du cours, l'autre jour ?

J'ai hoché la tête.

– Tu parles d'une surprise. Mais Mme Haynes est tellement bête et méchante que ça m'est égal. Je suis

55

contente. Et j'ai déjà fait l'heure de colle. (Silence.) Et avec Mlle Sparrow, ça s'est passé comment ?

– Je l'aime bien. Même si elle est un peu... tu sais... elle n'a même pas remarqué combien de temps je m'étais absentée.

– Je la trouve bizarre, ai-je répliqué. Mais j'aime la littérature. Je regrette qu'elle ne soit plus ma prof, comme l'année dernière. Cette année, j'ai Mme Bloxam.

– Notre prof principale ?

J'ai hoché la tête en grimaçant.

– Elle n'aime même pas les livres !

– Tu as lu ça ? a demandé Rosa-Leigh en tirant un ouvrage de son sac. C'était un roman canadien sur un mec qui perdait un bras. Ça avait l'air super, vraiment original. Elle m'a confié qu'elle lisait beaucoup. Puis elle s'est tue.

– Qu'est-ce qu'il y a ? ai-je dit.

Elle a eu un sourire pincé, comme si elle venait de manger un truc très amer.

– Ce que je t'ai raconté sur la mort de ma mère, c'est pas vrai, tu sais.

J'ai remarqué une trace de gras sur la fenêtre. Sans doute de la cire de coiffage laissée par quelqu'un. J'ai songé à la personne qui s'était appuyée contre la vitre. Je suis restée muette.

– Enfin, ça ne s'est pas passé comme je t'ai dit.

– Alors tu as menti ?

– Pas précisément.

– OK.

Je voulais savoir ce qu'elle entendait par là, mais ce n'est pas le genre de choses dont on parle facilement.

– Eh bien, a-t-elle repris. Elle est morte, mais ce n'est pas pour ça qu'on est venus vivre ici. Quand je t'ai raconté, c'est l'impression que ça donnait. À sa mort, j'étais très jeune.

– Pourquoi vous êtes-vous installés en Angleterre, alors ?

– Mon père a trouvé un nouveau boulot.

– Pourquoi ne pas m'avoir dit la vérité ?

– Je sais pas. Ça n'a pas d'importance.

– Je sais vraiment pas quoi dire.

– Je tenais juste à ce que tu le saches. Ma mère est morte quand j'avais deux ans. J'ai une belle-mère que je considère comme ma mère, et elle est bien vivante.

Ça a été plus fort que moi. J'ai plaqué la main sur ma bouche et tout fait pour me retenir... N'empêche que je n'ai pas pu m'arrêter de rire. Ça n'a pas l'air comique quand je le raconte, mais c'est sa manière de l'exprimer qui a été le déclencheur.

– Je suis désolée, ai-je dit. Je ris pas parce que ta mère est morte. (Je devais paraître un monstre.)

Dieu merci, au sourire pincé de Rosa-Leigh ont succédé des gloussements. Ça m'a fait rire de plus belle. J'étais pliée en deux, j'en avais mal au ventre. Rosa-Leigh aussi s'esclaffait. J'avais beau répéter que ce n'était pas drôle et qu'il n'y avait pas de quoi se marrer, chaque fois que je le disais, c'était reparti pour un tour.

C'est alors que j'ai loupé mon arrêt, et on a trouvé ça encore plus tordant. Rosa-Leigh descendait à l'arrêt suivant. Elle m'a proposé de venir chez elle, et je me suis dit : « Pourquoi pas ? »

Quand on est descendues du bus, il pleuvait des cordes. Elle a donc couru, me faisant signe de la suivre. Sur la chaussée noire et glissante, l'eau, en ruisselant, dessinait un motif en forme de plumes. Nous sommes parvenues devant la porte rouge d'une grande maison de deux étages en brique rouge, de style victorien. Une Mercedes et une deux-chevaux Citroën étaient garées dans l'allée. Trempées, on a ralenti pour reprendre notre souffle, indifférentes à la pluie battante. Rosa-Leigh m'a donné des détails sur les voitures – je ne connais rien à ce genre de trucs. La seule auto qui me soit familière, c'est la vieille Honda de maman.

La deux-chevaux jaune et violette était des plus bizarres, avec ses formes arrondies. Rosa-Leigh m'a expliqué qu'elle serait à elle, pour son anniversaire de dix-huit ans (qui a lieu en été, comme le mien).

– Et j'apprendrai à rouler à gauche.

J'ai songé à ce que ça me ferait de déménager à l'autre bout du monde. Ce doit être épouvantable de découvrir l'Angleterre en hiver. Je lui ai demandé à quoi ressemblaient les hivers canadiens. Elle m'a dit qu'à Canmore, l'endroit d'où elle est originaire, il fait froid pendant des mois et des mois. Vraiment froid. Et qu'il neige énormément. On était tellement mouillées que l'eau coulait à l'intérieur de mon chemisier et dans mon dos. L'espace d'un instant, je me suis sentie libre et légère, et j'ai renversé la tête en arrière, offrant mon visage aux larmes du ciel.

– Il pleut tout le temps dans ce pays ! s'est exclamée Rosa-Leigh. Viens !

On s'est empressées d'entrer. Je pensais qu'il n'y aurait qu'elle, son père, et sa belle-mère, et que tout serait sombre, triste et silencieux parce que la mère de Rosa-Leigh était morte. PAS DU TOUT ! Sa belle-mère a dévalé les escaliers. Grande et bien faite, elle portait un top rouge au décolleté plongeant – un truc que ma mère n'aurait jamais idée de porter. Ses cheveux châtains étaient merveilleusement brillants. Elle semblait tout droit sortie d'un magazine de mode. Elle a fait un signe de la main à Rosa-Leigh et m'a souri.

– Salut, vous êtes trempées, a-t-elle dit en se précipitant vers les pièces du fond.

Dans le couloir, deux portes donnaient sur des chambres pleines de couleurs. L'une d'elles, au sol jonché de livres et de jouets, ressemblait à une salle de jeux. L'autre, très élégante, comportait trois canapés dorés, surmontés de deux immenses tableaux figurant des montagnes. Un circuit de train électrique avait été assemblé sur la table basse, et la locomotive – ayant visiblement déraillé – gisait par terre, renversée sur le côté. Une légère odeur de brûlé flottait dans l'air. La belle-mère de Rosa-Leigh a déboulé dans le vestibule, serrant un bambin contre elle, et nous a dit, sans reprendre son souffle :

– Salut. Désolée. C'est le chaos ! Désolée pour toute cette fumée. J'ai brûlé les lasagnes du dîner. C'est la cata. Ça sent encore très fort ?

Un cri nous est parvenu de l'étage.

La belle-mère de Rosa-Leigh a hurlé :

– Ça suffit, vous deux ! Vous allez réveiller le bébé. Oh, mon Dieu !

Elle a monté les marches, serrant le petit garçon contre elle.

– Vous voulez bien vous taire cinq minutes ?

Derrière nous, deux mecs sont entrés. J'ai regardé Rosa-Leigh. Sans doute a-t-elle lu une question dans mon regard.

– J'ai des tas de frères, a-t-elle soupiré avec tendresse.

Les deux garçons étaient plus âgés que moi. Le plus jeune, de peu. Je lui donnais dix-sept ou dix-huit ans. L'autre devait avoir l'âge d'Emily, dix-neuf ans. Ils avaient les cheveux noirs, comme Rosa-Leigh, mais leurs yeux étaient marron foncé. L'aîné avait le regard pétillant, comme s'il *savait des choses*. Il riait, à propos de Dieu sait quoi. Le cadet paraissait plus sérieux, avec ses lèvres fines et pincées.

– Voici Jack et Joshua, a dit Rosa-Leigh.

Je n'ai pas bien saisi qui était qui. Tous deux m'ont lancé un « Salut ! », avant de me saisir la main pour me la serrer, ce qui m'a paru très cérémonieux. Le plus jeune avait les mains froides. Le plus âgé – Joshua, me semble-t-il – m'a tenu la main une seconde de trop, à moins que ce ne soit moi. J'ai eu comme des papillons dans le ventre. Ça m'a fait un drôle d'effet vu que j'aime vraiment bien Dan, le mec que j'ai rencontré à la soirée.

La belle-mère de Rosa-Leigh est redescendue, le souffle court et un grand sourire aux lèvres.

– J'ai beau essayer, je n'arrive pas à dire bonjour correctement. Tu dois nous prendre pour des sauvages !

Rosa-Leigh a désigné le gamin dans les bras de sa belle-mère.

– Voici Andrew. Et là-haut, c'est Joe, James et John que tu entends.

Elle a pris le petit dans ses bras. Il avait trois ou quatre ans.

– Papa et maman avaient épuisé tous les prénoms en « J », pas vrai ? Alors pour toi, il a fallu qu'ils reprennent l'alphabet du début.

Le gamin s'est dégagé. Il avait les cheveux hérissés et le visage couvert de taches de son, les joues rouges et luisantes de sueur. Il s'est précipité hors du vestibule, poursuivi par la belle-mère de Rosa-Leigh, qui riait aux éclats.

Les garçons sont montés à l'étage. Rosa-Leigh et moi avons gagné la cuisine. La chaleur régnant dans la maison a séché mes vêtements

– Tu as combien de frères ? j'ai demandé.

– Sept. La plupart sont des demi-frères. Adam, le bébé, a dû se rendormir.

Sa belle-mère a reparu. Elle m'a serré la main.

– Je m'appelle Angela. Désolée. Ici, c'est un véritable asile de fous.

Elle nous a préparé une tasse de thé. Nous a posé des questions sur le lycée, puis nous a raconté ce qu'avait fait le petit Andrew, plus tôt dans la journée : dans la cuisine, assis au-dessus du plan de travail, il avait mangé un gâteau sec et lancé : « C'est la belle vie. »

Elle s'est esclaffée en nous rapportant ces paroles. Des cris ont à nouveau retenti, au premier.

– Combien de fois je vais devoir vous le répéter, les garçons ? a-t-elle crié.

Après avoir posé sa tasse fumante sur le plan de travail, elle a quitté la pièce.

– Elle est drôlement gentille, ta belle-mère.

Soudain, ça m'est revenu :

– Je ferais mieux de dire à ma mère où je suis.

J'ai envoyé un texto à maman. Je n'avais pas envie de lui parler.

Rosa-Leigh farfouillait dans un placard.

– Je peux te montrer des photos du Canada, si tu veux. Je vais te montrer à quoi ressemble mon petit ami.

– Tu as un petit ami ?

– Plus maintenant. Je lui ai expliqué qu'on allait devoir rompre quand je viendrais m'installer ici.

Elle a sorti des clichés d'un tiroir. Sur l'un d'eux, elle était blottie dans les bras d'un grand et beau garçon en combinaison de ski.

– Il était moniteur de ski.

Elle a cuisiné des spaghettis sauce tomate, qu'on a mangés en regardant un film canadien intitulé *Familia*, où une prof d'aérobic et sa fille s'installent avec une autre mère et sa fille. Plus tard, elle m'a montré un poème qu'elle avait écrit au sujet de l'Angleterre et de la pluie. Tout ce dont elle parlait, je le voyais, et je le lui ai dit. Elle m'en a fait lire trois autres. Dans l'un d'eux, elle exprimait son amour pour son petit ami. Le poème n'était plus d'actualité, mais elle continuait à bien l'aimer. Le deuxième, austère quoique brillant, traitait de la rupture. Elle y décrivait une unique ampoule suspendue au plafond d'une pièce vide. Dans le troisième – qu'elle définissait comme un « poème en prose » – il était question du mot « amour ». Elle m'a demandé mon avis sur l'un des vers. Je lui ai fait une suggestion. Elle a relu le poème et apprécié la modification. Les poèmes en prose, c'est entre les vers et la prose. J'essaierai peut-être d'en écrire un.

Il se faisait tard, et j'avais des devoirs à terminer. J'ai appelé maman, car elle n'avait pas répondu à mon texto. Elle a dit qu'elle venait me chercher. Ça m'a surprise, mais je n'allais pas refuser et ressortir dans le froid et la pluie.

Plantée sur le seuil de la maison de Rosa-Leigh, les yeux écarquillés, maman avait l'air d'une petite fille perdue. L'expression de son visage me donnait envie de repartir le plus vite possible. La belle-mère de Rosa-Leigh nous a proposé de rester boire un jus de fruit, mais maman devait ressentir la même chose que moi. Soudain, il y avait trop de gens, trop de bruit... Maman a répondu que nous devions rentrer.

À notre arrivée devant chez nous, il faisait nuit et la pluie tombait. La rue sentait les feuilles mouillées.

– C'est la pire période de l'année, a dit maman.

Elle avait la voix tendue, à croire que ce n'était pas la pire période de l'année, qu'il y en aurait encore de bien pires. À peine le seuil franchi, je suis montée dans ma chambre. J'ai allumé la télé et fait un peu de zapping, mais il n'y avait rien d'intéressant. À la fin, j'ai éteint. Et puis il y a cette phrase qui a surgi dans ma tête, à propos de branches... Fallait que je l'écrive. Dès que je l'ai notée, j'ai eu envie d'en écrire une autre. Au bout du compte, j'ai écrit un poème.

Les branches dénudées
Se dressent avec rudesse
Avec des bagues aux doigts
Des nœuds dans les cheveux

L'hiver argenté
De pluie enfumé
Les sorcières du soleil
À nouveau volent bas.

Je crois qu'il serait mieux avec un vers de plus, mais aucun ne me vient à l'esprit.

Samedi 11 février

Oh mon Dieu ! Oh mon Dieu ! Je viens de recevoir un coup de fil de Dan, le mec de la soirée, aux yeux si bleus ! Il a demandé mon numéro à Megan, et m'a appelée. Oh mon Dieu ! Il m'a dit bonjour, et puis il m'a demandé si je voulais faire un truc vendredi. « Quoi ? » ai-je demandé. Venir chez lui, m'a-t-il dit, et traîner avec lui et peut-être un ou deux potes. « Oui ! » me suis-je exclamée (en essayant de paraître décontractée, et non bêtement excitée). Et puis on a discuté lycée et cinéma – je lui ai parlé de *Familia* – jusqu'à ce que ma mère me force à raccrocher.

Je lui ai fait une grimace et j'ai rapidement dit au revoir à Dan.

Mardi 14 février

C'est la Saint-Valentin, et je n'ai même pas de petit copain – du moins pas encore, mais ça ne saurait tarder... Je n'ai pas arrêté de penser à Dan et de me demander s'il allait m'envoyer un e-mail ou me téléphoner, alors qu'il m'a appelée pas plus tard qu'hier et qu'il n'est pas mon petit copain ou quoi que ce soit. L'idiote !

La malheureuse Zara a passé une journée horrible. Alec l'a larguée CE MATIN. Elle sanglotait quand je suis arrivée au lycée. À ce qu'il semble, il fréquente une autre fille depuis SIX MOIS. Toute la journée, Abigail s'est efforcée de remonter le moral à Zara. Elle s'est montrée vraiment gentille. Même si elle peut être lourdingue et tyrannique, elle sait aussi se montrer douce et attentionnée. Ce qui ne lui est guère arrivé ces derniers temps.

Ce soir, j'ai grimpé sur le toit et j'ai repensé à la Saint-Valentin, il y a deux ans de ça. Emily se faisait belle pour son rendez-vous avec Ian. Elle est sortie avec lui durant les deux dernières années de lycée. J'étais jalouse de lui, parce qu'elle ne voulait plus passer de temps en ma compagnie. De toute façon, elle a rompu avec lui quand elle est entrée aux Beaux-Arts.

Elle était en train de mettre sa robe bleue qui faisait ressortir le blond de ses cheveux et ses yeux foncés. Je suis allée dans ma chambre et j'ai farfouillé dans mon tiroir jusqu'à ce que je trouve mon collier en argent et saphir. Je suis retournée dans sa chambre et j'ai balancé le bijou au bout de mes doigts.

– Quoi ? elle a dit.

– Porte-le. Ça t'ira bien.

– Parce que tu sais ce qui me va, toi ? a-t-elle rétorqué en prenant le collier.

– C'est mamie qui me l'a donné.

Elle a mis le collier autour de son cou et, se regardant dans le miroir, a fait la moue. Elle a esquissé un sourire, et j'ai pensé qu'elle imaginait la tête de Ian quand il la verrait. Mon Dieu, je voudrais tellement pouvoir être de nouveau dans cette chambre, avec elle. Je donnerais tout pour ça – non que j'aie grand-chose à donner. Je m'agripperais si bien à elle, qu'elle ne pourrait même plus respirer.

Je l'ai regardée.

– Ça te va bien.

– Pourquoi mamie ne me l'a pas donné à moi ?

– Tu n'étais pas là.

Et maintenant, elle n'est pas là non plus. Pas là. Ce n'est pas juste.

Mercredi 15 février

Tout est allé de travers.

Au lycée, pas de problème. Rosa-Leigh et moi avons traîné ensemble. Elle m'a montré un nouveau poème, et on en a discuté. On a pris le bus. À mon retour à la maison, maman avait ramené de quoi dîner – même si c'était juste une pizza à emporter. On a même parlé du lycée et de trucs dans ce goût-là, bien que je me sois bornée à lui dire ce que je pensais qu'elle voulait entendre. Puis elle m'a demandé avec qui je minaudais au téléphone, l'autre jour. Pendant une demi-seconde, j'ai cru qu'on en était revenu au bon vieux temps, quand elle s'intéressait encore à moi. Alors je lui ai dit qu'il s'appelait Dan, et que j'allais chez lui vendredi.

– Mais tu n'es pas libre. On a un dîner prévu depuis longtemps, chez les Haywood.

– J'étais pas au courant.

– Pas question que tu le rates.

– Allez, pour une fois ?

– Non, Sophie.

– Je ne suis plus une gamine.

– Ne commence pas !

– Je ne commence pas ! J'ai juste pas envie d'y aller.

J'ai écarté mon assiette d'un geste et je me suis levée.

– Il faut que tu y ailles.

– Pourquoi ?

– Tu n'as pas le choix.

Dès qu'elle a dit que c'était chez les Haywood que nous allions, j'ai su qu'il n'y avait rien à faire, que je ne la ferais pas changer d'avis. Katherine Haywood est, depuis l'école, la meilleure amie de maman. Les Haywood sont de vieux amis de la famille et Lucy, leur fille, est censée être mon amie vu que nous nous connaissons depuis l'enfance. En temps normal, ça ne me dérangerait pas de les voir. Mais pas ce vendredi-là. Je me suis appuyée sur la table pour empêcher mes mains de trembler. Je l'ai suppliée :

– Ne m'oblige pas à y aller, je t'en prie maman.

Elle a fermé les yeux.

– Ça ne peut pas continuer comme ça.

– N'en fais pas un drame. Je ne veux pas aller chez ces imbéciles de Haywood, c'est tout.

Maman a dit :

– Je vais te prendre ton portable et annuler ces plans qui comptent soudain tellement plus pour toi que ta famille.

– Quelle famille ? j'ai hurlé.

– Donne-moi ton téléphone. Si tu ne le fais pas toi-même, c'est moi qui vais appeler.

Elle s'était mise à crier elle aussi.

– T'es cinglée !

J'ai saisi mon téléphone et suis montée dans ma chambre, claquant la porte derrière moi. Je ne vois pas pourquoi je devrais y aller. Ce sont les amis de maman, pas les miens. Lucy Haywood et moi n'avons plus grand-chose en commun, ces derniers temps. Chaque fois qu'on se voit, il y a comme un malaise, du fait qu'on était si proches dans notre enfance. À cinq ans, j'avais même donné son nom à l'un de mes ours en peluche. Non que Lucy ne m'aime pas (du moins ça m'étonnerait) ou que je ne l'aime pas. C'est juste qu'on faisait toutes les deux partie du même conte de fées, autrefois. On faisait l'une et l'autre partie de l'histoire, des aventures magiques nous arrivaient à elle comme à moi. Maintenant, on ne figure plus dans le même livre. Le sien ressemble à un roman de plage conventionnel et bien ficelé, à l'intrigue cousue de fil blanc (petit copain, lycée, famille géniale) alors que mon livre à moi, eh bien, il ne ressemble pas à ça – ni roman d'amour, ni conte de fées, pas le genre best-seller de l'été.

Et le pire, dans tout ça, c'est qu'Emily n'était jamais forcée d'aller chez les Haywood, quand elle avait autre chose à faire. Elle parvenait toujours à s'en tirer alors que moi, j'ai beau essayer...

J'ai composé le numéro de Dan. Pas de réponse. J'ai dû laisser un message sur sa boîte vocale. Puis Abigail m'a appelée et m'a dit qu'elle allait chez Dan avec des gens vendredi. Est-ce que j'y serais aussi ? Je me suis fait l'effet d'une idiote, vu que je n'avais pas compris qu'il y avait un vrai truc prévu. Je pensais me retrouver plus ou moins seule avec Dan – même s'il avait précisé que ses copains seraient là. Il m'a fallu répondre à Abigail que je ne viendrais pas. Puis la conversation a tourné court, car une seule vision occupait mes pensées : Abigail ivre à sa soirée, assise sur l'accoudoir du canapé, tripatouillant ses cheveux et souriant à Dan.

Jeudi 16 février

Aujourd'hui, en histoire des religions, on a parlé des musulmans et du Coran. Megan, à côté de qui j'étais assise par hasard, a commencé à dire, sur un ton vraiment agressif, qu'il faudrait faire attention à ne pas en laisser entrer trop dans notre pays. Ça a contrarié Kalila, qui est musulmane. Elle a décrété que nous étions toutes racistes. Zara a soupiré bruyamment et déclaré qu'on ferait toutes mieux de réfléchir avant d'ouvrir la bouche. J'aurais voulu être ailleurs. Si j'avais pu me faire aussi petite qu'une amande, je l'aurais fait et me serais enfermée dans ma coque.

– Je ne suis pas raciste, a répliqué Megan. Je regarde la réalité en face. Je pense aux terroristes. On doit s'en protéger. On est tous en danger si on ne le fait pas.

Elle m'a donné un petit coup de coude.

– Tu n'es pas d'accord avec moi, Sophie ?

Le battement de mon cœur s'est accéléré, ma bouche est devenue sèche. Dans la salle, les couleurs ont paru plus vives. Je songeais aux terroristes, aux bombardements et aux guerres, et me demandais comment quelqu'un pouvait se transformer en terroriste. Un homme ordinaire, menant une vie normale, convaincu que pour coucher avec Dieu sait combien de vierges tout de blanc vêtues et vivre éternellement dans un nuage cotonneux il n'a qu'un seul acte à accomplir. Un acte épouvantable. Ça me paraît aussi insensé que tirer des coups de feu au hasard dans une foule d'inconnus.

Kalila me regardait, attendant ma réponse.

– Je ne sais pas. Pourquoi je saurais ça, moi ?

J'ai eu un mouvement de rage. Pas contre les horreurs du monde, genre les terroristes, mais contre cette idiote, cette sale bête de Megan. Il m'est venu l'envie de vomir. J'ai dû quitter la classe en courant pour aller aux toilettes, au bout du couloir. Là, j'ai rendu tripes et boyaux.

J'ignore ce qui cloche chez moi.

4

De pluie enfumé

Vendredi 17 février

Dan ne m'a pas encore rappelée. J'aurais voulu qu'il le fasse. Je croyais qu'il allait le faire. Je n'ai cessé de consulter mon portable.

On va passer la soirée chez les Haywood. Je n'ai aucune envie d'y aller. J'ai essayé de dire à maman que je me sentais faible et malade, mais elle m'a rétorqué :

– Arrête de vouloir fuir tes responsabilités !

J'ai envie de retourner me coucher, parce que je ne me suis jamais sentie aussi épuisée.

Dimanche 19 février

Les fois où Emily venait avec nous chez les Haywood, nous occupions tout un côté de l'immense table en acajou qui trône dans la salle à manger SPLENDIDE avec ses grandes fenêtres qui donnent sur leur SUPER jardin. Quand Emily était dispensée de venir, maman et moi n'occupions que deux sièges et les Haywood s'étalaient pour combler le vide, comme ils l'ont fait ce week-end.

Ils ont essayé de combler le vide.

Leur maison embaume toujours le pain qui sort du four, ou les autres merveilles que Katherine a préparées ce jour-là – c'est une cuisinière exceptionnelle. Maman est bien plus mince et bien plus jolie que Katherine Haywood. Je me demande si, du temps où elles allaient en classe ensemble, maman s'imaginait qu'elle aurait une plus belle vie que son amie. Peut-être n'a-t-elle jamais eu de pensées aussi mesquines. Katherine a de grandes dents jaunes et le menton fuyant. Ses plaisanteries ne sont pas drôles, mais font pourtant rire tout le monde. Elle est comme un âtre rougeoyant : près d'elle, tous se sentent au chaud. Elle est productrice de radio. Mark, son mari, est un homme brillant. Même moi, je le trouve beau (bien qu'il ait au moins cinquante ans). Il passe son temps à s'assurer que Katherine ne manque de rien, ne serait-ce que de sel. Et, en plus de Lucy, il y a les jumelles. Molly et Meredith ont désormais onze ans et sont ARCHI-AGAÇANTES. Or, grâce à elles, leur mère n'en sourit que plus.

Lucy a les cheveux coupés au carré, teints en violet ces derniers temps, et de jolis yeux marron, maquillés avec le plus grand soin. J'ai envie de lui demander où elle a appris à le faire aussi bien, car elle semble avoir chopé le truc du jour au lendemain. Elle obtient d'excellentes notes à l'école et a désormais un petit copain canon prénommé Kai. Il était là pour le dîner avant-hier soir, et j'aurais donc aussi bien pu ne pas venir. Lucy a passé la soirée collée à lui, la main dans la sienne. On dirait qu'elle sait parler aux garçons (ça aussi, ça lui est venu tout d'un coup). Avec lui, elle est totalement naturelle. Je n'ai cessé de les observer et de me rappeler que c'était avec *moi* qu'elle échangeait les mêmes sourires en coin, les mêmes gloussements.

Maman doit se poser des questions : pourquoi sa propre famille a-t-elle si mal tourné ? Sans doute se sent-elle tout éclaboussée de poisse. Comme si un voyageur, partageant notre wagon dans le train de la vie, avait trop mangé dans la voiture-restaurant. On y servait de la chance et de la malchance, sur des assiettes en plastique. Notre voisin n'avait consommé que de la malchance. Et alors, parce qu'il était sur le point d'exploser et que le train avait été secoué d'un cahot violent, cet homme avait vomi toute sa poisse sur nous.

On était donc assises à ce dîner, couvertes de poisse de la tête aux pieds.

Katherine a demandé à maman comment elle allait. Celle-ci a eu un grand sourire bizarre, m'a jeté un coup d'œil et a dit que nous allions mieux, beaucoup mieux.

Katherine a regardé Mark puis, se penchant par-dessus la table, a posé les mains sur celles de maman.

– Si ça vous dit de venir toutes les deux vivre ici un petit moment...

– Non, a répondu maman. Merci quand même.

J'ai songé à ce que ça ferait de séjourner ici, dans cette belle maison, donnant sur ce beau jardin, et d'entendre vivre cette grande famille...

– J'aime mieux rester chez nous, j'ai dit, d'une voix à peine audible.

Maman m'a adressé un sourire, qui ne masquait rien de sa fatigue. On aurait dit qu'elle n'avait pas dormi depuis des mois. J'avais envie de lui prendre les mains comme Katherine venait de le faire, mais pas question de me donner en spectacle. Puis, me souvenant que c'était sa faute si j'avais loupé la soirée de Dan, j'ai détourné la tête.

Mark a dit à Lucy :

– Tu ne veux pas montrer le billard à Sophie et à Kai ?

Lucy s'est levée d'un bond. Puis Mark a ajouté, s'adressant aux jumelles :

– Molly, Meredith.

Il n'a pas eu besoin d'en dire plus pour qu'elles s'empressent de quitter leurs chaises.

Un nerf s'est contracté, sur la joue de maman.

– J'ai déjà vu la table de billard, ai-je rétorqué.

Katherine a hoché la tête. Elle a agité la main vers moi, mais c'est maman qu'elle fixait.

– Il est vraiment magnifique. Lucy et Kai y passent tout leur temps libre.

Lucy a tiré sur la manche de mon pull, et j'ai bien été forcée de me lever, moi aussi. Les joues me picotaient tandis que je rougissais sous l'effet de l'irritation. Je n'avais pas envie de partir. J'en ai assez qu'on me traite comme une gamine, et il était si manifeste qu'ils voulaient se débarrasser de nous. J'ai suivi Lucy et Kai hors de la pièce. Juste avant que la porte de la salle à manger ne se referme, j'ai entendu Katherine prononcer *mon nom*. J'ai menti, faisant croire à Lucy que j'allais aux toilettes. Elle et Kai, enlacés, sont descendus au sous-sol. Je me suis retrouvée seule, les jumelles étant dans leur chambre. J'ai collé mon oreille à la porte de la salle à manger. Que disaient-ils de moi ?

Je distinguais à peine leurs paroles.

Katherine : Tu devrais. Sophie garde visiblement tout au fond d'elle-même. Elle fait très bien semblant, mais il est clair qu'elle ne va pas bien. Et toi, tu as besoin qu'on t'aide.

D'une voix très douce, elle a ajouté :

– On voit que vous vous débattez, toutes les deux.

Mark : On en a déjà parlé. Laisse-nous vous aider, s'il te plaît.

Maman : C'est tellement dur. Je comprends ce que vous essayez de faire. C'est seulement que je suis si fatiguée. Et si seule. Et tellement en colère.

Mark : Nous le sommes, nous aussi.

Katherine : Sophie paraît détachée de tout. Elle te parle un peu ? Je suppose que non. La pauvre chérie

77

s'efforce tellement de... eh bien, je ne sais pas trop ce qu'elle s'efforce de faire. À croire qu'elle veut faire comme si rien ne s'était passé. Je ne peux pas imaginer ce que ça a dû lui faire, mais tout garder pour elle ne peut qu'aggraver les choses.

Maman : C'est trop pour moi. Je ne peux pas l'aider. Je n'arrive même pas à m'aider moi-même.

Alors, j'ai loupé un passage, quelqu'un ayant mis en marche la machine à café, dont le vrombissement a filtré les trois quarts des mots. Vrombissement qui résonnait dans mon cerveau. Je m'imaginais le percolateur en train d'exploser, de projeter des éclats de verre et de grains de café tout autour de la pièce, et de recouvrir maman, Katherine et Mark de résidus. J'ai perçu un cri imaginaire, me suis bouché les oreilles. J'avais le ventre noué. Puis Lucy m'a fichu la trouille de ma vie en me saisissant par le coude et en me lançant :

– Ne fais pas ça !

Elle avait la même tête que quand elle était gamine. Une fois, on avait passé un après-midi entier à dresser la liste de tout ce que nous désirions pour notre dixième anniversaire, laquelle liste ne comportait pas seulement des trucs matériels. Il y avait des choses du genre « de jolis ongles, l'abandon des armes nucléaires, un amoureux ». Je n'imaginais pas pouvoir un jour redevenir aussi proche d'elle. Elle n'était plus qu'une étrangère, dont je connaissais tout. Comme Abigail. Comme toutes mes amies.

Elle a resserré son étreinte.

– N'écoute pas.

– J'en ai bien le droit. C'est de moi qu'ils parlent. Pourquoi croient-ils que je craque ? (J'ai élevé la voix.) Je vais très bien.

Elle m'a regardée longuement, calmement.

– Tu penses réellement aller bien ? Comment ce serait possible ?

– Qu'est-ce que t'en sais ?

Elle a rougi, baissé les yeux. Puis les a reposés sur moi, et s'est comportée comme si cet échange n'avait jamais eu lieu.

– Sophie, viens avec moi. Viens t'amuser. Kai est trop bon au billard... Tu pourras m'aider.

J'aurais voulu demander à Lucy si Emily lui manquait, si toutes ces heures passées, enfants, à jouer dans son jardin lui manquaient. Soudain, j'ai eu la sensation d'être très adulte. Et vraiment, vraiment triste. En silence, je l'ai suivie au sous-sol.

Lundi 20 février

Le lycée a été mortel. En rentrant à la maison, j'ai pris une saucée. Maman était sortie. Je me suis fait un sandwich au fromage avec ce qui restait de pain. J'ai terminé tous mes devoirs. Pas un coup de téléphone. J'en avais tellement assez de gamberger à n'en plus finir que je me suis retrouvée à écrire un poème en

79

prose. J'ai simplement suivi le fil de mes pensées. Demain, je le montrerai à Rosa-Leigh. Peut-être pourra-t-elle m'aider à l'améliorer.

Brûlure – le mot « brûlure » provient du feu, de la chaleur, chaleur fulgurante, flammes orange comme à Halloween, traces de fumée tel le sol noirci par le feu après un incendie de forêt, reste la terre carbonisée. Je reste ainsi, retournée comme un gant, le coin le plus sombre de la forêt ouvert à la lumière chaude et mouillée. Je reste ainsi, sans toi : aux yeux des autres un verre à moitié plein, aux miens un verre à moitié vide.

Mercredi 22 février

Aujourd'hui, j'étais censée rendre un devoir d'anglais, sujet libre. Sauf que je ne l'ai pas fait. Du coup, je suis collée demain. Si je me chope une autre heure de colle, maman sera convoquée au lycée pour discuter de mon comportement. Je voudrais ne plus jamais retourner au lycée. Être renvoyée me serait égal, à part qu'il me faudrait me coltiner maman, ce qui est pire que rédiger un devoir d'anglais. À la pause, j'ai donné à Abi le chemisier que je lui ai acheté pour son anniversaire.

– Tu peux arriver plus tôt à ma soirée d'anniversaire ?

– Tu fais encore une soirée ?

– C'est un problème ?

– Non. C'est seulement que... je sais pas... Tu fais beaucoup la fête, mais tant mieux. Oui, je viendrai.

Elle a souri quand j'ai dit ça, comme si je lui avais offert un bon pour une journée de thalasso, et non un chemisier.

Je lui ai rendu son sourire, version automate.

– Quelque chose ne va pas ? a-t-elle demandé.

– Non, pas du tout.

J'avais envie de lui demander comment ça s'était passé, chez Dan, alors que j'étais coincée chez les Haywood. J'avais envie de me plaindre d'avoir été collée. Mais on aurait dit que les mots restaient bloqués avec toutes ces autres choses que je ne lui avais pas dites. Ni à elle ni à personne. J'ai repensé aux paroles de Katherine à mon sujet, comme quoi j'étais « détachée de tout ». Ce que Katherine ne comprend pas, c'est que ça vaut mieux comme ça. J'ai eu un grand sourire – exagéré, à en juger par son regard surpris.

– Ça va très bien, ai-je dit. Je n'ai pas fait ma dissert, c'est tout.

Megan s'est approchée. Elle avait dû nous entendre, car elle s'est mise à parler de cette saleté de dissert. Elle y racontait la mort de son chien. Je n'en revenais pas. Puis Abi et elle se sont mises à parler de la maison de Dan. J'avais beau être curieuse, ça m'a retourné l'estomac d'entendre Abigail dire qu'elle avait passé la soirée à discuter avec Dan. J'aurais voulu qu'elle se taise.

Kalila était assise toute seule à la table d'à côté. Bien que son foulard dissimule en partie son visage, je jurerais qu'elle m'a regardée. Et qu'elle paraissait me plaindre.

Dimanche 26 février

Hier soir, je me suis dirigée vers la chambre d'Emily, j'ai ouvert la porte et je suis restée plantée là un moment, avant d'entrer. Elle a décoré tout un mur de miroirs carrés. J'y voyais mon reflet, on aurait dit une quantité d'écrans de télé braqués sur moi. J'ai eu le sentiment d'attendre quelque chose, comme si Emily allait sortir de sa petite salle de bains, les cheveux relevés et entourés d'une serviette, et me crier de sortir de sa chambre.

Je me suis avancée vers ses rangées de CD sur l'étagère en bois peinte en bleu, et j'ai entrepris de les passer en revue. À peine y avais-je passé deux minutes que maman est entrée.

– Qu'est-ce que tu fais ici ? a-t-elle demandé.

J'ai haussé les épaules.

Elle a fait volte-face et s'est mise à hurler.

– Laisse ses affaires tranquilles ! Ne touche à rien ! Arrête !

Je suis restée plantée là, sous le choc.

Me saisissant les bras, elle m'a écartée de l'étagère. Je lui ai rétorqué de me lâcher, j'ai essayé de lui dire

82

que je voulais juste emprunter un CD. On est parvenues à la porte, à laquelle je me suis agrippée. Elle m'a tirée par les manches, mais j'ai tenu bon. Elle s'est affaissée. Puis elle m'a laissée me dégager, me regardant comme si j'étais une parfaite inconnue.

– Je voulais seulement emprunter un CD, ai-je dit dans un sanglot.

– Ne sors rien d'ici !

– Pourquoi ?

– Je ne plaisante pas.

– Tu aurais préféré que ça m'arrive à moi.

Elle a paru suffoquée, comme si je lui avais littéralement coupé le souffle. Sans lui laisser le temps de répliquer, j'ai regagné ma chambre en courant, claqué la porte, et me suis allongée sur le lit, pétrifiée.

Maman a frappé doucement. Puis, comme je ne répondais pas, elle a dit, à travers la porte :

– Tu sais que ce n'est pas vrai, n'est-ce pas ?

J'étais incapable de parler.

– Je suis désolée. Je suis désolée de ce qui vient de se passer. Je voudrais faire en sorte que ce soit moins dur pour toi.

Il me semble l'avoir entendue ajouter « pour nous deux », mais sans doute avait-elle fondu en larmes car je distinguais mal ses paroles.

– Écoute, je sais qu'il faut que je sois une meilleure mère pour toi. Je te promets de faire mieux.

J'aurais voulu dire quelque chose. Réellement. Elle a frappé à nouveau et dit, d'une voix étranglée :

– Je peux entrer, Sophie ?

J'ai cru qu'elle allait ouvrir la porte, mais elle n'en a rien fait. Elle n'est pas entrée. Je la déteste. Et je déteste Emily, à cause de qui tout est arrivé. Je n'en reviens pas d'avoir écrit ça. N'empêche que c'est vrai.

Lundi 27 février

Aujourd'hui, Rosa-Leigh et moi avons décidé de rentrer du lycée à pied car il ne fait pas aussi froid que les jours précédents. Elle m'a proposé de venir chez elle vendredi après les cours, mais j'ai dû refuser, vu que je vais à la soirée d'Abigail. On a marché pendant des plombes. Nous sommes passées par le parc et avons traversé le labyrinthe, dans lequel nous nous sommes perdues, ce qui était plutôt rigolo. Ensuite, assises sur la pelouse, nous avons regardé le ciel s'obscurcir. Elle a commencé à me raconter comment, en hiver, l'air de Canmore se charge de paillettes de givre. Elle a parlé des faux soleils : une bizarrerie atmosphérique où l'on croirait voir trois soleils. Puis elle s'est mise à me parler de sa mère. Elle ne se rappelle pas grand-chose, sinon par les photos qu'elle a vues d'elle.

– Je peux te lire un poème que j'ai écrit à son sujet ? m'a-t-elle demandé. Tu veux bien ?

J'ai hoché la tête. Elle a lu lentement. En l'écoutant, j'ai pensé à maman et à notre horrible dispute de dimanche soir. Ma mère est folle, c'est sûr. Elle me déteste, ne supporte pas qu'Emily ne soit plus là. On dirait qu'elle n'a pas l'intention de se remettre à travailler un jour. Elle qui adorait décorer les intérieurs. Elle embellissait les maisons des gens de tissus soyeux, dans des teintes vertes ou terre de Sienne. Son style rappelait la nature, m'avait dit un jour Emily. Ma sœur préférait les associations plus audacieuses. Elle mêlait toutes sortes de couleurs pour parvenir à un résultat harmonieux, aimait la peinture à l'huile. Je ne savais jamais trop quoi dire quand elles discutaient d'art. Je n'ai pas du tout une sensibilité artistique.

Rosa-Leigh a achevé de lire son poème. Je lui ai demandé de me le relire, et je me suis concentrée davantage. Le froid me pénétrait les os, comme le malheur. L'herbe sentait le terreau humide. Avec son poème, Rosa-Leigh faisait apparaître sa mère dans cet air à odeur de terre. J'ai frissonné quand elle a fini de le lire pour la seconde fois.

– C'est beau, ai-je dit.

Aussitôt, j'ai trouvé que c'était bête de l'exprimer comme ça. N'empêche que c'était vrai, et ça n'a pas paru choquer Rosa-Leigh. Puis, après avoir respiré un grand coup, j'ai lâché :

– Ma mère collectionne les objets que d'autres gens ont perdus.

Elle s'est penchée en arrière, s'appuyant sur les coudes.

– Pourquoi ?

– Je sais pas. Elle a toujours fait ça. Même quand

85

ma sœur était encore là. Même du temps où mon père était vivant, il me semble, quoique je ne m'en souvienne pas vraiment. Elle a des gants et deux ou trois chaussettes qui sont ARCHIDÉGUEU, et elle est très fière de ses boucles d'oreilles dépareillées. C'est tellement bizarre. Personne AU MONDE ne collectionne des trucs que d'autres ont perdus.

– Qu'est-ce qui est arrivé à ton père et à ta sœur ?

J'étais sciée qu'elle ne soit pas au courant pour Emily. J'ai senti une boule à l'estomac.

– Papa est mort quand j'étais gamine. Il a eu un cancer mais j'étais trop petite pour l'avoir vraiment connu. Je n'avais que deux ans. On a toujours été seules, moi et maman. Et Emily...

J'ai dû faire une pause avant de reprendre :

– Ma sœur...

Je n'ai pas fini ma phrase. Elle demeurait silencieuse. J'ai entendu bruisser l'herbe, tandis qu'elle s'allongeait complètement.

– Regarde le ciel.

L'imitant, je me suis moi aussi étendue sur l'herbe. Mon vertige faisait tournoyer le ciel.

– Tu vois apparaître les étoiles. On n'en voit pas tant que ça, à Londres.

– Elle me manque tout le temps, ai-je dit.

– Ça va ?

J'ai à nouveau fixé le ciel, retenant mes larmes.

– Je crois. Oui, ça va.

– Ta mère a quoi d'autre dans sa collection ?

– Des articles de journaux sur des bébés kidnappés et des gens qui ont disparu sans laisser de trace. Il y a une médaille en or, et je ne sais quoi d'autre. Il y a un bout de temps que je ne suis pas allée y voir.

– Je me demande quel genre de femme était ma mère, a dit Rosa-Leigh.

– Elle est morte comment ?

– Elle a été renversée par un chauffard ivre. Je regrette de ne pas me souvenir d'elle. Joshua et Jack en parlent quelquefois. C'est ce qui m'a permis d'écrire le poème.

– Il est vraiment bien.

– Merci. Je me sens mieux quand j'écris.

Je n'ai rien dit. Il a commencé à pleuvioter. Quand on s'est redressées, les gouttes de pluie brillaient tels des éclats de verre dans les cheveux de Rosa-Leigh. On a fini par avoir si froid qu'on a décidé de s'aider l'une l'autre à se relever et de reprendre le chemin du retour.

Mercredi 1er mars

Ce soir, maman est sortie retrouver un genre de groupe de soutien auquel elle s'est inscrite, ce qu'elle m'a soudain annoncé avec un grand sourire – comme si ça devait me faire plaisir. Comme je ne lui ai toujours pas pardonné de m'avoir hurlé dessus l'autre jour, je n'ai rien dit. N'empêche que ça m'a surprise.

Après avoir parlé à Rosa-Leigh de sa collection, j'ai

eu envie d'y jeter un coup d'œil en douce, une fois maman partie. J'ai ouvert la porte de son bureau. Si la table lui servait autrefois à son boulot de décoratrice d'intérieur, sa collection occupe désormais presque toute la pièce. On ne distingue même plus le meuble, surmonté de tout un bric-à-brac. La pièce est bourrée à craquer. Le chaos règne. Partout traînent des habits en lambeaux, sur le sol gît un ours en peluche à qui il manque un œil, sur la chaise trône un vase rempli de piécettes. Maman perd apparemment la boule.

Je ne peux m'empêcher de repenser aux paroles des Haywood. Ils ont suggéré que nous venions habiter chez eux. J'ignore si cela aiderait maman. Devrais-je me faire du souci pour elle ? Peut-être les Haywood savent-ils que sa collection prend des proportions alarmantes ? J'ai refermé la porte derrière moi et me suis hâtée de redescendre au salon.

Je me suis endormie sur le canapé, devant la télé. J'ai rêvé que je me trouvais dans un espace sombre et réduit, avec un feu qui se rapprochait toujours plus. Impossible de sortir. Je me suis réveillée en nage.

Maman n'était toujours pas rentrée. J'ai gravi l'escalier jusqu'à ma chambre. J'avais l'impression que ma tête allait exploser. Il faut que je m'empêche de réfléchir. Si seulement je savais comment faire. Au moins, demain, c'est le début des vacances. Je ne pourrais pas supporter de retourner au lycée.

5

Les sorcières du soleil

Vendredi 3 mars

Abigail m'a appelée pour me raconter qu'hier soir Dan l'avait appelée, ELLE. Elle était archi-excitée, ne pouvait parler d'autre chose. Je suis trop déprimée pour écrire. Et trop JALOUSE. Pourquoi l'appelle-t-il, elle, et pas moi ? Bien qu'il lui ait dit qu'il ne viendrait pas à sa soirée – ce qui est peut-être une bonne chose, non ?

Quand je suis arrivée, Abi m'a serrée fort dans ses bras et m'a emmenée dans sa chambre, à l'étage. Elle m'a chuchoté que sa mère avait bu.

– Alors qu'elle avait promis de sortir, elle est au lit, en train de dormir.

– Ça va, toi ?

Elle a fait une grimace.

– Oui, super. Tu t'habilles comment, ce soir ? Tu veux m'emprunter mon jean noir ?

J'ai farfouillé parmi ses vêtements en l'écoutant papoter. J'ai essayé son jean puis, décidant que je ne l'aimais pas, l'ai retiré pour remettre le mien. Elle fumait et l'air de la pièce est devenu plus lourd. Elle ne cessait de s'extasier sur ma minceur et de répéter que j'avais une super mine. J'ai fini par la fusiller du regard, histoire qu'elle change de disque.

– Quoi ? a-t-elle dit, mais ça l'a calmée.

Ces jours-ci, elle se maquille beaucoup plus que d'habitude. Zara est arrivée. Ça m'a étonnée, vu qu'il était tôt et que Zara est toujours en retard. Elle portait un chapeau noir et une sublime robe violette qui donnerait à tout le monde l'air endimanché. J'aimerais pouvoir porter des chapeaux sans me sentir ridicule, mais je n'y arrive pas.

Zara est donc arrivée et a déclaré :

– Je suis venue tôt parce qu'il fallait que je sorte de chez moi. Ma mère pète un câble.

J'aurais voulu lui dire que si elle trouvait que sa mère pétait un câble, elle devrait tester la mienne. Mais je n'ai rien dit.

Elle a taxé une cigarette à Abi, l'a allumée (elle s'est mise à fumer, apparemment) et a poursuivi :

– Ma mère nous a surpris, Alec et moi... (Ils se sont remis ensemble, elle lui a tout pardonné.) On était au lit.

Elle a exhalé un nuage de fumée.

– Elle est furieuse.

Heureusement que je n'avais rien dit, car Zara voulait dire que sa mère était folle de rage, pas folle *cinglée*... Puis elle a déblatéré à n'en plus finir à propos de ce qu'elle avait trafiqué avec Alec. J'avais à la fois envie de lui dire de se taire et de nous en dire plus. Tout le monde a fait ce que je pense SAUF MOI – y compris Abigail, qui avait l'habitude de prétendre qu'elle le regrettait. À présent, elle se comporte comme si elle savait TOUT. Elle et Zara n'ont cessé d'échanger des regards complices.

– Où est Megan ? a demandé Zara.

J'ai haussé les épaules.

– Elle va arriver, a répondu Abi.

Elle a souri à Zara. Me sentant exclue, je les ai ignorées. Et puis Abi a décidé que nous devions préparer des cupcakes pour la soirée. Zara et moi avons fait genre « on n'a plus cinq ans », mais Abi a insisté. Alors Zara a décidé que c'était une bonne idée (ce qui m'a étonnée d'elle, d'habitude si snob et distante). On est descendues à la cuisine. Là, on a battu au fouet la préparation, qu'on a ensuite mise dans un moule et enfournée. C'était plutôt marrant, sauf que parvenues au stade du glaçage, on avait déjà bu deux verres. J'ai fini par faire toute seule le glaçage, pendant que Zara et Abigail étaient sorties fumer un joint. Je me sentais un peu pompette et ne tenais pas, en plus, à être défoncée. Je me suis servi une autre vodka. Puis Megan est entrée par la porte du jardin. Je ne savais même pas qu'elle était là.

– Tu as préparé des cupcakes, a-t-elle dit.

J'ai hoché la tête.

– Nom de Dieu, ce que j'aimerais pouvoir en goûter un !

– Sers-toi. Cela dit, je ne suis pas sûre que le glaçage ait pris.

Secouant la tête, Megan s'est posé une main sur le ventre.

– Je crois que je vais m'abstenir.

J'ai achevé de recouvrir les gâteaux d'un glaçage jaune fluo, que j'ai saupoudré de perles en sucre. Des gens ont commencé à arriver, mais personne ne mangeait les gâteaux, et j'avais donc perdu mon temps. J'ai commencé à discuter avec Zara, ce qui n'arrive jamais. Elle parlait garçons (ça, c'est une surprise !) et me racontait une histoire au sujet d'Alec lorsque la sonnerie de son téléphone a interrompu la conversation.

Je suis sortie. Il y avait des mecs dans le jardin. Je suis restée plantée là, à les regarder fumer un joint. Je l'ai refusé quand ils me l'ont passé, me sentant encore pas mal ivre. L'espace d'un instant, j'ai regretté que Dan ne soit pas là. Je me suis remémoré ses yeux bleus et son sourire. Je suis retournée à l'intérieur, il faisait trop froid dehors. Là, j'ai vu d'autres garçons qui fumaient de l'herbe.

Je suis allée prévenir Abigail. Sa mère a beau être plutôt cool – ou indifférente – elle ne laisse personne fumer des joints sous son toit. Or à peine ai-je repéré Abigail que sa mère apparaît en haut de l'escalier, chancelante et les yeux vitreux. Ancienne danseuse classique, elle est très mince et très élégante. D'habitude, elle ramène ses cheveux en chignon mais, comme elle avait dormi, ils étaient détachés, pleins de frisottis, et hérissés sur un côté de la tête. Son rouge à lèvres bavait. Elle s'est mise à hurler :

– Fais sortir tout le monde ! Ça sent la marijuana. Abigail, mets-les dehors !

À la télé, ça aurait été marrant de voir ça mais là, ça se passait pour de bon. Tous les yeux étaient rivés sur elle.

Abigail a crié à sa mère :

– Comment oses-tu me faire ça le jour de mon anniversaire ?

Elle pleurait.

– Mon foyer n'est pas un repère de camés ! a de nouveau hurlé la mère d'Abi.

Sur son cou maigrichon, les muscles se tendaient. Ses os saillaient sous l'effet de la colère.

Puis leurs cris se sont mêlés. Les gens partaient comme des rats quittant un navire en train de sombrer. Il n'y avait plus personne – pas même Zara ni Megan.

Je suis restée plantée là, ne sachant trop quoi faire.

Abi s'est tournée vers moi :

– Va-t'en, s'il te plaît. Je ne veux pas de toi ici. C'est tellement embarrassant.

Comme les larmes me montaient aux yeux, j'ai pivoté sur mes talons avant qu'Abi ne puisse s'en rendre compte. J'ai saisi mon manteau, mais alors elle m'a prise par le bras.

– Je suis désolée, a-t-elle dit. Reste, s'il te plaît. J'ai besoin de toi.

Elle a désigné sa mère, affalée au bas de l'escalier. Nous l'avons mise au lit, comme on fait marcher un poulain qui vacille sur ses longues pattes et ne cesse de tomber.

Quand on est enfin allées se coucher, j'aurais voulu parler à Abi, mais elle s'est tout de suite endormie. Je suis restée un bon moment étendue sans pouvoir trouver le sommeil.

Dimanche 5 mars

J'AI REÇU UN E-MAIL DE DAN ! Vu qu'il ne m'avait pas rappelée, je croyais ne plus jamais avoir de ses nouvelles. Peut-être a-t-il senti que je pensais à lui !

Il m'écrit : « Désolé de ne pas être venu à la soirée de vendredi. Ça m'aurait fait plaisir de te revoir. »

Son message m'a plu car il ne contient pas ces abréviations que les gens utilisent souvent dans les mails ou les textos, qui ne ressemblent même plus à des mots. (Qu'est-ce que j'ai à me soucier de trucs pareils ? Qu'est-ce qui cloche chez moi ?)

Je me pose un tas de questions, suite à son mail. Du genre « Comment a-t-il eu mon adresse ? Suis-je la seule à qui il en a envoyé un, ou en a-t-il envoyé à tout le monde ? » Non, rien qu'à moi, c'est sûr : il dit que ça lui aurait fait plaisir de me revoir ! Il n'aurait pas écrit ça à n'importe qui. Abi doit être au courant, mais ça me ferait bizarre de le lui demander maintenant. Hier matin, elle s'est montrée distante. Elle n'a pas pris de petit déjeuner, alors que j'avais préparé des œufs au plat et des toasts. Elle a mis ça sur le compte de la gueule de bois et du cafard. « Tu n'as pas de quoi avoir le cafard » aurais-je voulu lui rétorquer. Elle, au moins, a toujours sa sœur.

Je regrette d'avoir écrit ça.

Mardi 7 mars

Lynda m'a demandé ce que j'ai écrit sur Emily ces derniers temps. Je n'ai pas répondu. Elle m'a dit qu'il fallait que je prenne mon journal au sérieux pour éviter d'être dans le déni, quant à ce qui est arrivé. J'avais l'impression de peser trois tonnes, j'étais incapable de la regarder dans les yeux.

– Je ne suis pas dans le déni, ai-je dit.

La phrase est sortie comme si je me trouvais dans une pièce remplie d'une fumée épaisse, et que chaque mot me faisait mal aux poumons.

Jeudi 9 mars

Fin des vacances et reprise des cours aujourd'hui. Beurk !

Ce soir, après avoir fait mes devoirs, je suis allée m'asseoir sur le toit. Normalement, ce n'est pas l'endroit idéal pour observer les étoiles. Mais là elles pullulaient, telles des piqûres d'épingles sur un long tissu noir. Ça m'a rappelé quelque chose qui nous était arrivé, à Emily et moi, des années plus tôt. J'étais contente d'avoir pris mon cahier avec moi, et de pouvoir écrire et écrire.

Je me souviens que ce soir-là, le ciel était également parsemé d'étoiles. On était allées quelque part contempler un feu d'artifice, et Emily avait décrété qu'elle avait faim. Maman avait suggéré que nous achetions des pommes de terre au four. Emily devait avoir treize ans. Ayant visiblement oublié sa faim, elle faisait les yeux doux à un garçon. Maman, qui n'avait pas remarqué les mimiques d'Emily, nous poussait vers le stand de nourriture.

Un homme était penché, ouvrant les pommes de terre enveloppées dans du papier alu. Une voix sortie d'un haut-parleur annonçait le démarrage du « soleil ». L'homme nous a demandé si nous voulions quelque chose, tapotant des doigts avec impatience. Visiblement, il pensait que nous allions vouloir regarder le soleil. Or nous trouvions toutes trois ces soleils rasoir – le fait qu'ils soient attachés à un axe fixe, clôture ou arbre, et ne fassent que tourner en projetant des gerbes d'étincelles. La plupart du temps, ils ne marchent même pas ! Maman les trouvait assommants elle aussi, bien qu'elle ait coutume de dire que « seuls les gens ennuyeux s'ennuient ». On a payé et l'homme a reporté son attention sur la foule qui se pressait, se dressant sur la pointe des pieds pour regarder (du moins, j'imagine) le soleil crachoter des étincelles et mourir. J'ai pris ma pomme de terre au four, l'ai remplie de beurre et de fromage et en ai écrasé la pulpe à l'aide d'une fourchette. Emily a fait de même, ainsi que maman. Il nous arrivait d'être si semblables. L'air était frais et la pomme de terre me réchauffait les mains. J'aspirais cet air dans lequel se mêlaient la fumée du feu d'artifice et l'odeur des feuilles pourrissantes.

La voix sortie du haut-parleur a annoncé que le vrai feu d'artifice commençait. Nous nous sommes toutes trois précipitées au premier rang, nous faufilant entre des groupes plus conséquents que le nôtre, familles ou bandes d'adolescents. J'ai voulu prendre une bouchée de ma pomme de terre mais, avant que j'en aie eu l'occasion, quelqu'un m'a bousculée. Ma pomme de terre est tombée. Je l'ai regardée qui gisait dans la boue. Dans ma colère, j'ai envoyé promener ma fourchette.

Nous n'avions pas le temps de retourner au stand avant le début du feu d'artifice. Nous étions parvenues au premier rang. Quand a explosé le premier bouquet, j'avais les larmes aux yeux. J'avais tellement envie de cette pomme de terre ! Emily m'a observée. Je sentais son regard peser sur moi. Qu'elle m'envoie une vanne était la dernière chose dont j'avais besoin. Sans un mot, elle m'a donné sa pomme de terre.

Je l'ai prise, sentant sa chaleur sur mes doigts. Elle

m'a passé sa fourchette. Je ne lui ai pas rendu son regard. J'ai mangé toute la pomme de terre, sans lui avoir jamais dit merci.

Je devrais expliquer à Lynda que je n'ai pas besoin d'aide, et cesser d'aller la voir. Elle prétend que noter mes pensées va me faire du bien. Or je me sens plus mal à présent. Plus mal que jamais.

Vendredi 10 mars

Ce soir, j'ai vu maman entrer dans la chambre d'Emily et refermer la porte derrière elle. Je me sens aussi seule qu'un sac plastique vide. Il m'a fallu des heures pour me remettre à respirer normalement.

Dimanche 12 mars

Je suis allée chez Rosa-Leigh. À notre arrivée, sa belle-mère nous a servi une tasse de thé et on a papoté quelques minutes avec elle. Andy étant invité chez des camarades, elle n'avait pas à lui courir après. Elle a dit :
– Je me souviens qu'à votre âge, j'avais le sentiment que le monde s'ouvrait à moi. C'était...
Son téléphone a sonné, la forçant à s'interrompre.
Si j'en avais eu le temps, je lui aurais répliqué que le monde ne s'ouvrait pas à moi. Qu'il se refermait,

plutôt, telle une fleur au coucher du soleil. J'aurais dit que le monde me paraissait parfois complètement fermé, comme la porte de la chambre d'Emily.

Rosa-Leigh m'a donné un petit coup de coude.

– Fais pas cette tête-là !

– Désolée.

– Viens m'aider à déballer mes affaires.

– Tu ne les as pas encore déballées ? Tu es là depuis des mois !

– Ouais ouais.

On a vite gagné sa chambre, sous les combles. Perchée tout en haut de l'escalier, elle ressemble à une cabane dans les arbres. Rosa-Leigh l'a peinte en blanc cassé. Depuis ma dernière visite – pendant laquelle nous avons regardé *Familia* ensemble – elle a décoré d'une fresque l'un des murs. Une scène de rue, où animaux et humains marchent côte à côte.

– C'est toi qui as peint ça ? Pour de bon ?

Elle a hoché la tête.

– Ma sœur aurait adoré.

Elle est demeurée silencieuse. Puis elle a dit :

– Ça me fait plaisir. Maintenant, viens m'aider à vider toutes ces caisses !

Lundi 13 mars

Rosa-Leigh m'a donné un magazine intitulé *The New Yorker*. C'est une revue américaine (on s'en doutait !).

99

Elle voulait que je lise les poèmes qui sont dedans. Il y en avait deux. Jamais encore je n'avais vu de magazine contenant des poèmes. L'un d'eux traite d'un train à l'arrêt dans une gare. Dans le poème, quelqu'un regarde la porte ouverte d'une maison, à travers la vitre du train. Il y est aussi question de bleuets. Le poème me donne la sensation de pouvoir voir ces fleurs bleues, à l'entrée de la maison. Et d'être en attente de quelque chose. Après l'avoir lu, j'ai eu envie d'écrire moi aussi un poème.

Les secondes me glissent entre les doigts
Petits poissons argentés entre les mailles du filet
Le feu aux joues comme en hiver
Le soleil dans la figure, l'été qui n'est plus là
Le pêcheur ne peut tout attraper
Dans un océan vide ;
Dans un océan vide
Nagent les petits poissons argentés.

Je sais que ça paraît sans queue ni tête, car il ne peut y avoir de poissons dans un océan vide, mais je trouve qu'il sonne bien – cette froideur, cette profondeur. Je ne pense pas qu'il soit vraiment fini. Peut-être pourrais-je améliorer le dernier vers en disant : « *Ne* nagent *pas* les petits poissons argentés. »

Quand j'écris un poème, je me sens bien sur le moment. Le reste du temps, j'ignore ce que je ressens. Je ne voudrais rien ressentir du tout, en fait.

Maman vient d'ouvrir la porte et de me demander si nous pouvons parler. Ça m'a étonnée. Mal à l'aise, je n'ai rien trouvé à dire.

– Quoi ?

– Tu vas bien, Sophie ? a-t-elle demandé.

– Pourquoi ?

Il suffit que je me sente normale une minute pour qu'elle vienne tout gâcher. L'angoisse m'a rongé le ventre comme de l'acide. Il m'a fallu respirer un grand coup.

– Tu peux me parler, a-t-elle dit.

– Je ne veux pas parler. Pas à toi. Ni à personne. Je vais bien. J'ai des tonnes de devoirs, donc...

Elle a soupiré bruyamment et, après un long et PÉNIBLE silence, a fini par sortir. Je suis restée étendue sur mon lit, à m'efforcer de ne penser à rien. Je me suis endormie dans mon uniforme du lycée. Au beau milieu de la nuit, j'ai retiré mes vêtements, car j'avais des sueurs froides. J'ai peut-être chopé quelque chose.

Jeudi 16 mars

Au lycée, l'ennui. Maman me dépose en voiture chez Abigail, chez qui je dois dîner. Nos relations sont tellement tendues avec ma mère que j'aurais voulu ne pas dépendre d'elle. Mais pas moyen d'y aller autrement. Au moins, le frère d'Abi sera là. De retour d'un voyage au Pérou ou en Équateur ou Dieu sait où. Il doit rester deux semaines. Il a toujours des histoires intéressantes à raconter. Même si la sœur d'Abi est repartie dans sa fac, ce sera chouette d'assister à ce dîner en famille. J'espère que sa mère ne boira pas trop.

Le dîner a été un cauchemar. À mon arrivée, la mère d'Abi s'envoyait vodka sur vodka. Déjà complètement bourrée, elle paraissait ne plus y voir clair mais parvenait tout de même à sortir des blagues vraiment salées, et pas drôles du tout. J'étais stupéfaite qu'il y ait de quoi manger sur la table, mais elle semblait s'être débrouillée pour cuisiner convenablement. Je me suis demandé ce que ressentait Abi en voyant sa mère dans cet état. Sans doute avait-elle honte. Puis Abi m'a dit que son frère n'était MÊME PAS LÀ. Après le repas, Abi et moi sommes montées dans sa chambre. Plantée devant les étagères, elle en a tiré le chemisier blanc que j'adore.

– Je te le donne

– Merci.

– Il m'irait plus, de toute façon.

Elle a mis les mains sur ses hanches et poussé un soupir.

– Comment ça ? Il y a des années que tu n'as pas été aussi mince.

– Nom de Dieu, Sophie. Ce que tu peux être...

– Quoi ? Ce que je peux être quoi ?

– Juste, tu sais...

– J'ai dit que le chemisier devait bien t'aller.

– Tu comprends rien à ce qui se passe. Tu comprends jamais rien.

– Lâche-moi un peu, Abigail.

Je crois que c'est ce que Rosa-Leigh aurait dit, à ma place.

– Je n'arrête pas de te lâcher, ces derniers temps.

– Tu insinues quoi ?

– Tu sais ce que j'insinue.

– Non, pas du tout.

– Allez, prends ce chemisier et oublie ce que j'ai dit.

J'ai balancé le chemisier par terre.

– J'en veux même pas, de ton chemisier à la noix.

– Ne me prends pas de haut, Sophie.

– Tu n'as aucune idée de ce que j'ai vécu, ai-je dit.

– Comment je pourrais ? a-t-elle rétorqué. Tu n'en parles même pas. Je suis censée faire quoi ? C'est triste horrible atroce et je ne sais pas quoi dire d'autre. Et tu ne fais rien pour m'aider.

– Pour t'aider ? TOI ? Comment ça, pour t'aider ? J'ai pas arrêté de t'aider. Pourquoi tu es aussi garce ? Je t'ai toujours soutenue, j'ai toujours été là pour toi, et t'es incapable de me rendre la pareille.

– C'est ce que je suis pour toi ? Une garce ? Et toi, alors ? Quand est-ce que tu as du temps à consacrer aux autres ? Tu ne sais même pas ce qui se passe.

Elle s'est mise à pleurer. Sous ses yeux, le mascara a dessiné comme des traînées de cendre noire.

– Je n'en reviens pas que tu me fasses ça ! ai-je crié.
Je n'en reviens pas que tu sois aussi égoïste. Tu n'as pas
idée de ce que je vis. EN PERMANENCE.

– Je n'en peux plus !

– Tu n'en peux plus de quoi ?

– De toi ! a-t-elle hurlé.

– Pourquoi est-ce que tu me fais ça ?

– Je ne te fais rien du tout !

– Comment ? Tu me cries dessus. C'est tout toi, Abi.
Tu es tellement obsédée par ta petite personne, tellement
égoïste. Ça ne date pas d'hier. Il faut toujours s'inquié-
ter pour toi, parler de toi et maintenant qu'il m'est
arrivé tout ça, tu ne le supportes pas parce que TU NE
PENSES QU'À TOI. Il ne t'est JAMAIS rien arrivé de grave.
Tu n'as pas UN SEUL souci dans la vie, et tu ne supportes pas que j'aie besoin d'un minimum de soutien.

– Tout ne va pas bien dans ma vie, même si tu ne
risques pas de t'en rendre compte. Et comment est-ce
que je suis censée t'aider, si tu ne m'en laisses pas la
possibilité ? Tu n'en PARLES même pas, a-t-elle hurlé.

– Je ne VEUX pas en parler. Je ne veux même pas y
PENSER.

Elle pleurait à présent. J'ai saisi mon sac et dévalé
l'escalier.

La mère d'Abi traînait dans le vestibule. D'une voix
pâteuse, elle a bafouillé :

– Qu'est-ce qui se passe ?

Elle a écarté d'une main les cheveux qui lui retom-
baient dans la figure et m'a adressé un sourire plein de
compassion.

– Je rentre chez moi, je suis désolée.

J'étais en larmes.

– Qu'est-ce que tu as fait, Abigail ? a-t-elle crié, s'adressant à sa fille, à l'étage.

– C'est rien, Mme Bykov. J'ai juste envie de rentrer chez moi.

J'ai ouvert la porte d'entrée, me suis précipitée dehors. Il faisait sombre et froid. J'ai couru à la gare, au bout de la rue. Parvenue au guichet, je me suis mise à trembler. Tout mon corps était secoué de frissons. Derrière sa vitre, l'employé a demandé :

– Vous allez où ?

Sous l'éclairage des néons, tout était gris – d'un gris de morgue.

J'ai perçu le vrombissement d'un train sur la voie. Je pouvais, de l'endroit où je me tenais, le voir entrer en gare. J'avais la nausée. J'ai regardé l'homme. Impossible de respirer.

– Ça va ? a-t-il demandé.

– J'ai changé d'avis.

J'ai sorti mon portable de ma poche en m'efforçant, malgré le tremblement de mes mains, de ne pas le laisser tomber.

– Vous avez un numéro de taxi ?

– Je vais vous en appeler un, a-t-il répliqué.

Sur le moment j'ai éprouvé de la reconnaissance. Et puis je me suis sentie trop fébrile pour parvenir à penser. Du trajet en taxi, je n'ai qu'un vague souvenir. En arrivant chez moi, j'ai lancé un bref bonsoir à ma mère et suis allée direct à ma chambre. J'avais la bouche si sèche. Je croyais que boire de l'eau me ferait du bien, mais je n'en ai eu que plus mal au cœur. J'avais l'impression d'être en train de mourir. J'aurais voulu crier à maman que j'étais en train de faire un arrêt cardiaque, que quelque chose de terrible venait de s'abattre sur moi, mais j'avais trop peur pour appeler au secours. On aurait dit qu'un pivert me martelait le cœur, le cou, la gorge – le bruit était assourdissant. J'avais beau me boucher les oreilles, impossible de ne pas entendre ce son. Avec un faible gémissement, je me suis pelotonnée sur mon lit.

Quelques heures (ou minutes, je n'en ai aucune idée) plus tard, je me suis remise à respirer normalement et le tourbillon des folles pensées s'est interrompu. Je ne sais même pas ce qui m'est arrivé. Suis-je sur le point de devenir folle ?

6

À nouveau volent bas

Vendredi 17 mars

Dan a appelé ce matin, mais j'ai loupé son coup de fil, et je suis trop timide pour le rappeler – et qu'est-ce que je pourrais bien lui dire ? Je suis allée au lycée, Abigail ne m'adresse plus la parole mais JE M'EN FICHE. Au moins mon cœur s'est-il remis à battre normalement.

Samedi 18 mars

J'ai mal dormi la nuit dernière. Fait des rêves épouvantables. J'ai rêvé que je donnais naissance à d'affreuses créatures de feu, qui venaient au monde dans un hurlement. Quand je me suis réveillée, j'avais mes règles. Je déteste avoir mes règles. Pour une fille de seize ans, quoi de plus bête, de plus absurde ? Je ne tiens pas à tomber enceinte (même si je le voulais, ça ne risque pas !). Il n'y a pas, dans tout l'univers, une seule fille de seize ans qui *veuille* tomber enceinte. Alors POURQUOI avons-nous des règles ? Il y a des filles qui les ont à dix ans. À quoi ça leur sert, aux filles de dix ans, d'avoir leurs règles ? Les miennes sont si irrégulières que je ne peux prévoir quand elles vont tomber – un vrai cauchemar.

Comme j'avais des crampes au ventre, je suis restée allongée avec une bouillotte, à regarder la télé. Autrefois, je n'arrêtais pas de tout le week-end. Le samedi matin, à peine levée, je me rendais à mon cours de trampoline. Puis j'avais judo et, le soir, le club théâtre. Après, Abigail et moi allions chez elle, ou chez moi. Le dimanche, nous avions l'habitude de nous réveiller et de préparer le petit déjeuner ensemble, avant d'aller faire du shopping ou Dieu sait quoi. Ensuite, nous passions aux devoirs, jusqu'à ce que vienne l'heure de rentrer. Mais aujourd'hui, Abigail ne m'a pas appelée et je ne vais pas l'appeler non plus.

J'ai regardé un épisode d'un feuilleton que je ne connaissais pas. J'ai versé une larme quand une certaine Ness a rompu avec son craquant petit copain Martin parce qu'elle était en train de mourir d'un cancer. Alors j'ai changé de chaîne pour mater un documentaire GERBANT sur les femmes culturistes.

Après les bodybuilders, j'ai eu droit aux actualités. Encore un attentat suicide en Afghanistan. Vingt-cinq morts. D'un seul coup. Car ça se passe comme ça : les gens meurent, et on n'y peut rien. Les contours de mon univers se sont soudain assombris. Mon cœur battait à tout rompre. Comment le monde peut-il être ainsi ? Pourquoi les gens font-ils des choses aussi terribles ? Ça n'a aucun sens. Le souffle me manquait. J'ai vomi. Cela ne m'a même pas soulagée.

Nous allons passer le reste du week-end chez les Haywood. Sans doute Katherine a-t-elle eu pitié de nous. Quand j'ai décroché, ma voix trahissait mon ennui et mon cafard. Maman n'a pas dû paraître plus en forme. Katherine nous a aussitôt invitées.

Dimanche 19 mars

Nous revenons à peine de chez les Haywood. J'ai passé les trois quarts du temps à tenir la chandelle à Lucy et Kai. Les voir ensemble m'a fait penser à Dan, ce qui est vraiment débile. J'aimerais avoir un copain, cela dit. J'aimerais que ce soit Dan. Plus eu de nouvelles de lui depuis que j'ai loupé son appel. Je me demande s'il faut que je le rappelle.

Ce week-end, j'ai découvert que Lucy tenait un blog. Bizarre qu'elle raconte à tout le monde ce qui lui arrive, quand elle ne semble pas trouver les mots pour me dire quoi que ce soit. Je ne peux m'imaginer rédigeant un blog et exposant publiquement mes pensées les plus secrètes. Un jour, j'en ai créé un, mais impossible d'écrire quoi que ce soit, comme si quelqu'un me tenait les mains derrière le dos. Ça me tuait, l'idée que n'importe qui puisse lire. Pourtant, des tas de gens tiennent un blog. Cette raseuse de Megan, par exemple. Mais le sien est tellement ridicule qu'à sa place je mourrais de honte. Elle y utilise des pseudos débiles pour les uns et les autres, et n'y parle que de sa barbante petite vie. Un jour, elle a écrit quelque chose au sujet d'Abigail (rebaptisée Annabel) et celle-ci a pété un câble.

Ça me fait bizarre, de ne plus être amie avec Abigail.

Le blog de Lucy est bien meilleur que celui de Megan. Il lui a valu un prix, et des tas de gens le consultent. Faudra que je pense à y jeter un coup d'œil.

Maman passe beaucoup de temps avec Katherine. Elles se sont rendues à un cours de Pilates et ont enchaîné avec un déjeuner. Une fois, j'ai même vu maman sourire. Personne n'a reparlé de venir habiter chez eux. J'ignore si je dois m'en réjouir ou non.

Mardi 21 mars

Ce soir, j'ai grimpé sur le toit. Malgré la solitude et le froid, je me suis assise et j'ai écrit.

J'ai revu Emily me tenant par la main, peut-être deux ans et demi plus tôt. Nous étions toutes les trois en vacances en Grèce, et maman était allée regarder des ruines. Emily et moi étions assises côte à côte dans un café de la plage. Elle parlait d'un mec mignon qui passait par là. Elle m'avait pris la main par réflexe, apparemment. Elle l'a lâchée quand la nourriture est arrivée. On a mangé une salade grecque (rien ne m'évoque plus la Grèce que la salade grecque, avec ses tomates juteuses, sa feta piquante, et le doux parfum du basilic frais. Emily a pris mes olives – je déteste les olives) et du *saganaki*, un fromage frit dont nous raffolions.

Plus tard, on s'est assises sur la plage pour voir le soleil se coucher. On adorait les couchers de soleil. L'astre a fondu dans la mer, dont la surface a paru recouverte d'écailles de poisson. À voix haute, je me suis demandé quel effet ça faisait d'être une sirène. Emily s'est gentiment moquée de moi. Je me suis rapprochée d'elle. J'ai voulu lui prendre la main mais elle l'a retirée. Le lendemain, nous rentrions en Angleterre.

Jeudi 23 mars

ABIGAIL NE M'ADRESSE TOUJOURS PAS LA PAROLE. J'ai essayé de me réconcilier avec elle aujourd'hui. Je lui ai écrit une lettre où je lui disais que j'étais désolée de cette dispute débile. Elle l'a posée sur la table et l'a lue À VOIX HAUTE à Megan et Zara. Rosa-Leigh est arrivée et, voyant ce qui se passait, m'a entraînée hors du réfectoire. Nouille comme je suis, je me suis mise à pleurer. Je n'ai pas arrêté de demander à Rosa-Leigh de m'excuser d'être si mal. Elle a répondu que je n'avais pas à m'en vouloir d'être malheureuse.

L'après-midi s'est écoulé au ralenti. Je regrette vraiment d'avoir pris les arts plastiques en option. J'ai horreur de ça. J'aurais mieux fait de choisir l'atelier d'écriture. Dans le bus, j'ai montré à Rosa-Leigh le poème sur les poissons argentés, que j'ai écrit il y a quelque temps. Elle a souri, comme si elle approuvait. Elle m'a fait voir des poèmes sur lesquels elle travaille, et on les a commentés. Ce soir, elle m'a envoyé de la musique, un groupe canadien qu'elle aime beaucoup. La chanteuse a une voix super, très étrange.

Samedi 25 mars

Alors que j'avais cessé d'espérer, Dan m'a envoyé un mail. Le voici :

« Sophie, ça te dirait de venir chez moi ce soir ? Je fais une soirée. »

Je l'ai lu un million de fois. Maintenant, faut que je décide ce que je vais porter. J'espère de tout cœur qu'Abigail N'Y SERA PAS. J'ai appelé Rosa-Leigh pour l'inviter à venir avec moi. Son père va nous y emmener en voiture. J'ai collé le combiné contre mon oreille, prise d'une soudaine envie de pleurer – alors que je n'avais aucune raison d'être triste.

Rosa-Leigh portait une minirobe noire par-dessus son jean. Les cheveux lâchés, elle était sublime. J'avais mis un jean et un chemisier en soie bleue. Rosa-Leigh m'a dit que j'étais moi aussi à tomber. Elle m'a prêté des boucles d'oreilles en jade, petites et vertes, qui s'accordent très bien à la couleur de mes yeux.

Son père nous a déposées devant chez Dan. On distinguait des silhouettes amassées dans le salon. J'ai frappé à la porte, que quelqu'un a ouverte toute grande. C'était l'une de ces maisons où l'on entre directement dans le salon. Toute l'excitation que j'avais ressentie pendant le trajet s'est dissipée. Comme un ballon qui se dégonfle, bruit excepté. Car Abigail était chez Dan. Accompagnée de Megan et de Zara. M'apercevant avec Rosa-Leigh, Abi a eu un petit rire et, se penchant vers ses copines, leur a chuchoté quelque chose. Elles formaient un groupe trop compact pour que je puisse saisir leurs paroles. Dan est entré dans la pièce d'un pas nonchalant. Il s'est avancé vers moi, m'a serrée dans ses bras. J'ai eu des papillons dans le ventre. (Et j'étais contente qu'Abigail et les deux autres voient ça.) Il m'a donné un petit bisou sur la joue. Une forte odeur de bière m'est parvenue aux narines. Reculant, il a cherché mon regard. Ses yeux étaient rougis et rendus vagues par l'alcool, mais il restait quand même très mignon.

– Je suis content que tu sois venue, a-t-il dit.

J'ai hoché la tête, le cœur bondissant. L'ai présenté à Rosa-Leigh. Elle lui a lancé un rapide bonsoir et m'a entraînée dans la cuisine. Ça sentait l'herbe et la sueur. Rosa-Leigh s'est appuyée contre un plan de travail en contreplaqué couvert de bouteilles, avec une expression qui voulait dire « C'est qui, ce mec ? »

– Pourquoi ?

– Il est saoul. Archisaoul.

– Il me plaît.

En disant cela, j'ai réalisé qu'il me plaisait *vraiment*.

Abigail est entrée dans la cuisine et nous a vues. Elle est aussitôt ressortie pour revenir avec Dan, qu'elle tenait par le bras. Elle se tripatouillait les cheveux et faisait la moue, COMME SI JE N'ÉTAIS PAS LÀ. Tandis qu'elle remplissait leurs deux verres, Dan a titubé vers moi.

– Tu vas bien ? a-t-il demandé.

– Euh... oui.

Ce que je peux être nulle.

Il m'a souri et mon cœur a bondi, comme un poisson hors de l'eau. Dan a tenté de dire quelque chose. Trop ivre, il s'est emmêlé les pinceaux. Et puis, JE JURE QUE C'EST VRAI, Abigail s'est glissée entre nous, alors même qu'il essayait de me parler, et s'est mise à l'embrasser SOUS MON NEZ.

Dan a écarquillé les yeux, apparemment choqué. Ce qui ne l'a pas empêché de lui rendre son baiser. La jalousie m'a transpercée comme une flèche. J'aurais tellement voulu qu'il m'embrasse comme ça. Je n'en croyais pas mes yeux. J'avais envie de fondre en larmes ou de repousser Abi, ou de dire quelque chose... Mais je n'ai rien fait du tout. Rosa-Leigh avait plaqué la main sur sa bouche, et je voyais qu'elle allait mourir d'horreur si nous ne sortions pas de cette cuisine. Comme si elle réalisait que ce baiser était un coup de couteau dans le dos, elle m'a entraînée dans le salon.

– Je n'en reviens pas, qu'Abi ait pu me faire ça !

– Je n'en reviens pas que Dan ait pu faire ça ! Tirons-nous d'ici.

On allait partir quand Zara m'a appelée pour me dire qu'elle trouvait mon chemisier trop mignon. Elle cherchait à être sympa, j'imagine. Puis Abi est entrée avec un sourire suffisant et a emmené Zara à l'écart. Il y avait alors un tas de gens dans la maison.

Rosa-Leigh s'est approchée et m'a glissé à l'oreille :

– Partons ! J'ai une idée.

Dehors, l'air était frais, le ciel dégagé. Notre souffle formait des petits nuages de buée. J'entendais le vrombissement des voitures, le mugissement lointain d'une sirène de police.

– C'est quoi, ton idée ? Tu veux aller où ? ai-je demandé.

– On prend le prochain métro pour Camden. Il y a un endroit que j'aime bien.

Mon cœur a cessé de battre. Je n'ai rien dit.

– Quoi ? a-t-elle demandé.

– Je ne peux pas prendre le métro, Rosa-Leigh.

Elle m'a fixée. Bien qu'il fasse noir, je voyais briller ses yeux. Elle *savait*. Quelqu'un avait dû lui dire.

– Évidemment que tu peux, a-t-elle dit d'une voix lente.

J'ai respiré un grand coup.

– Impossible.

Elle a attendu.

– Je ne peux pas.

– Faisons autre chose, alors, a-t-elle proposé.

– Je veux rentrer chez moi.

Je gémissais comme une gamine mais je sentais que si je restais une minute de plus plantée en pleine rue, j'allais vomir. Soudain, mon cœur battait à tout rompre et le froid me glaçait le crâne. J'avais le tournis.

– Respire. Tout va bien. Faut juste que tu respires un grand coup.

À son ton, je sentais qu'elle avait peur : sa voix était plus aiguë, plus tendue qu'à l'accoutumée. Je me suis assise sur le trottoir, les larmes ont ruisselé sur mon visage.

– Je suis en train de mourir, ai-je dit dans un souffle.

Elle s'est assise par terre, m'a serrée dans ses bras. Puis elle a attendu que je me sente mieux. On a pris un taxi jusqu'à chez elle, où j'ai dormi.

Dimanche 26 mars

Quand je suis rentrée de chez Rosa-Leigh ce matin, j'ai grimpé sur le toit. Comme la journée était plutôt chaude et ensoleillée, je me suis pelotonnée, avec une tasse de thé et Bouledepoil – laquelle a daigné s'asseoir près de moi. Je me suis rappelé maman, Emily et moi faisant un jour du shopping à Soho. Je devais avoir huit ou neuf ans. Maman marchait en tête, en shoppeuse avisée, Emily et moi traînions derrière, agacées d'être obligées de lui emboîter le pas. La rue était jolie, avec les vieux bâtiments qui s'y pressaient telles des commères, et les petites boutiques aux façades en saillie. J'en ai désigné une à Emily. Dans la vitrine, un magnifique globe doré. On l'a contemplé quelques instants puis, sans rien dire à maman, nous sommes entrées dans le magasin.

Au fond de la pièce, une vieille femme était assise sur une chaise, les jambes croisées et les mains jointes sur les genoux. Emily lui a dit quelque chose, mais la vieille dame n'a pas répondu. Nous nous sommes avancées d'un pas et j'ai compris, sans le moindre doute, que quelque chose clochait. La femme avait la tête penchée et demeurait parfaitement immobile.

J'ai appelé Emily, mais elle n'a pas prêté attention, trop stupéfaite par ce qu'elle voyait. Elle a piqué droit vers la femme et lui a posé la main sur l'épaule. Pour la retirer aussitôt.

J'ai regardé la vieille dame, tranquillement assise là.

– Elle est morte, a murmuré Emily.

Alors la femme a redressé la tête et ouvert grand les yeux. Ma sœur et moi avons poussé un cri. Nous nous sommes ruées hors de la boutique. Bientôt, nous nous sommes retrouvées dans des rues que je ne reconnaissais pas. Je me suis mise à pleurer. J'ai jeté un coup d'œil alentour. Plus d'Emily.

– Emily ! Emily ! ai-je hurlé.

Elle s'est précipitée vers moi, m'a attrapé la main.

– Hé ! hé ! Je suis là. Ne t'inquiète pas, je ne vais pas t'abandonner. Je n'ai pas l'intention de m'en aller. J'étais juste derrière toi.

– Je savais pas, ai-je dit dans un sanglot.

– Tout va bien.

– Elle était morte, la femme ? Comment elle a pu revenir à la vie ?

Elle m'entourait de ses bras.

– Ça va. Tout va bien.

On aurait dit maman.

– On est où ? ai-je demandé.

– Tout va bien se passer. Ne t'inquiète pas, Sophie.

– Mais on est où ?

Emily m'a calmée et a resserré son étreinte autour de mes épaules. Elle m'a fait asseoir sur un banc.

– Ne te fais pas de souci. Je reste avec toi. Maman va nous trouver.

Celle-ci a alors surgi à l'angle de la rue, en proie à la panique. Elle nous a saisies par le bras – moi, puis Emily. J'avais oublié ce détail : c'est moi qu'elle a saisie en premier.

– J'étais folle d'inquiétude ! a-t-elle dit.

– On s'est perdues, a répliqué Emily. Il y a cette femme, on croyait qu'elle était morte. Elle ne pouvait pas l'être, pourtant...

En y repensant, je réalise que la femme devait simplement dormir. Les morts ne ressuscitent pas.

Maman a froncé les sourcils.

– Quelle femme ? Qu'est-ce que tu racontes ?

J'ai essayé de dire quelque chose, mais il m'est venu une soudaine envie de glousser. Maintenant que maman était soulagée, voilà qu'elle nous grondait. J'ai serré la main de ma sœur. Alors que maman nous hurlait toujours dessus, elle m'a glissé à l'oreille :

– Je t'avais dit que ça s'arrangerait !

Mais ça ne s'est pas arrangé. Loin de là.

7

Dans une mare de grisaille

Lundi 27 mars

Sur le chemin de l'école, j'ai dressé une longue liste de résolutions, comme j'aurais dû le faire au Nouvel An. J'ai décidé de faire du jogging deux fois par semaine, même par temps de pluie. De manger plus de fruits et de légumes, et de me mettre un DVD de yoga les mercredis et vendredis. Perdre un peu de poids (pas autant qu'Abi, quand même ; elle m'a paru vraiment maigre aujourd'hui) et me muscler aux bons endroits. Il me faudra aussi m'assurer de porter des sous-vêtements assortis, au cas où je finirais par avoir un petit ami. (Pas Dan, cela dit. Si seulement je pouvais ne plus penser à lui !) Je veux me vernir les ongles et les limer régulièrement. Je veux écrire davantage de poèmes, et lire un livre par semaine. Je veux reprendre une activité comme le judo ou le club de théâtre – un des trucs que je faisais avant que le monde ne s'effondre. Et je veux m'en tenir à cette décision que j'ai prise le 1er janvier : tout oublier, aller de l'avant. Au fil de la matinée, je me suis sentie de plus en plus stressée. J'ai passé tout l'après-midi dans les toilettes. Enfin, la cloche a sonné la fin des cours. Secouée de frissons, j'étais dans tous mes états. Par la fenêtre, j'ai vu Rosa-Leigh qui m'attendait en consultant sa montre, plantée sous l'arche de pierre. Puis, tout le monde ayant quitté les lieux (elle y compris) et le gardien étant sur le point de fermer le bâtiment, je me suis esquivée et j'ai traversé le parc en vitesse pour rentrer chez moi.

Une fois calmée, j'ai surfé sur Internet pour essayer de comprendre ce qui clochait chez moi. La seule chose qui corresponde à mes symptômes – nausée, cœur qui s'emballe, pensées délirantes, difficultés respiratoires et sentiment de peur –, c'est les « attaques de panique ». Le genre de trucs que se chopent les gens bien barrés. Pas question d'en parler à qui que ce soit. Je ne tiens pas à ce qu'on me prenne pour une tarée totale. Tu m'étonnes, que j'aie des attaques de panique, si c'est vraiment ça. Je suis pathétique. Tout est pathétique. Pourquoi je n'arrive pas à me ressaisir ? J'ai appelé Rosa-Leigh, bien décidée à arrêter de penser à tout ça. On a parlé d'Abi et de son attitude de garce. Rosa-Leigh s'est plainte de la quantité de devoirs qu'elle avait. Tout était très normal et, l'espace d'un instant, j'ai oublié ces histoires d'attaques de panique. Rosa-Leigh a dit qu'elle aurait une surprise pour moi jeudi, et qu'il faudrait absolument que je vienne chez elle. Dieu la bénisse. À supposer qu'il existe.

Jeudi 30 mars

Ce soir, je dors chez Rosa-Leigh. Je me demande en quoi consiste la surprise...

Vendredi 31 mars

Passé une soirée géniale, hier ! Quand Rosa-Leigh et moi sommes arrivées chez elle, toute sa famille était là, y compris son père. C'est tellement marrant d'avoir un père à la maison, surtout un père aussi chaleureux que le sien. Plutôt petit, il est large d'épaules, a le teint rougeaud et une énorme barbe. Lui-même trouve qu'il ressemble à un ours – c'est la blague de la famille. Il a raconté des tas d'histoires sur le Canada et a fait rire l'assemblée.

Tous les frères de Rosa-Leigh étaient là, même Joshua, son frère aîné (j'ai réussi à identifier qui était qui). Je JURE qu'il m'a regardée plus d'une fois et a soutenu mon regard jusqu'à ce que j'en rougisse. Il était sympa, marrant et beaucoup plus beau que Dan. (Même si Dan a de très beaux yeux. Il faut que j'oublie Dan, de toute façon.) Joshua s'est assuré que j'avais assez de spaghettis bolognaise – maman n'en fait jamais, vu que nous ne mangeons que des restes ou des plats à emporter. Les plats cuisinés me manquent, autant que la fixette de maman pour l'alimentation équilibrée. On dirait qu'elle ne supporte même plus qu'on se mette à table pour manger, elle et moi. Toujours est-il que ces spaghettis bolognaise sont les meilleurs que j'aie jamais mangés, et que c'est le père de Rosa-Leigh qui les avait préparés. Après dîner, il nous a déposées quelque part dans Camden.

– C'est là ! s'est exclamée Rosa-Leigh en désignant une porte rouge en piteux état.

Au-dessus était suspendue une lampe très cool, genre années quarante. Nous avons poussé la porte. C'était comme entrer chez quelqu'un : partout des canapés et de merveilleux abat-jour en verre teinté appelés Tiffany – c'est Rosa-Leigh qui me l'a appris. Je croyais que Tiffany était une joaillerie new-yorkaise, mais j'ai gardé ça pour moi. Assise sur un canapé, j'ai observé les personnes présentes, avec leurs coiffures excentriques (rien que des dreadlocks et des tresses), leurs pulls et leurs jupes multicolores. Le genre de trucs qu'aurait adoré Emily. Sauf que c'était moi qui me trouvais là, pas elle.

Le canapé sentait la poussière et la fumée. Il était recouvert d'un tissu à fleurs. Rosa-Leigh a souri et salué un couple assis à une table voisine. Puis elle est allée nous chercher à boire. On ne lui a pas demandé de carte d'identité, comme on me l'aurait demandé à moi. Soudain, j'ai ressenti ce à quoi j'aspire en permanence : avoir l'impression d'être bien dans ma vie.

Rosa-Leigh est revenue avec des gin tonics – le style de boisson qui conviendrait à ma mère. Rosa-Leigh s'imaginait qu'en Angleterre les gens buvaient TOUT LE TEMPS ce type de trucs. Je lui ai dit que ce n'était pas le cas.

Je lui ai demandé où nous étions, au juste. Posant un doigt sur ses lèvres, elle a haussé les sourcils, avec une expression qui semblait signifier : « Attends de voir ! »

Alors la lumière a baissé et, dans un coin éclairé, j'ai aperçu un micro, vers lequel s'est dirigé un Noir au visage magnifique. Je ne pouvais m'empêcher de le fixer, non parce qu'il me plaisait, mais parce qu'il était d'une beauté si classique qu'on aurait dit un tableau. Puis il s'est mis à parler. Sauf qu'il ne parlait pas, il récitait des POÈMES, parmi lesquels ce poème halluci-nant où il était question de guerre et de bombes. J'en frissonnais comme si quelqu'un m'embrassait dans le cou (ce qui m'a fait fantasmer sur Dan). À croire que ce mec s'adressait à moi seule. Sauf qu'il ne semblait pas dire un poème mais quelque chose de RÉEL. Je me suis imaginé Dan le murmurant le long de ma colonne ver-tébrale.

Quand il a eu fini, j'ai applaudi au point d'en avoir mal aux mains. Ensuite, une très grosse femme a déclamé trois poèmes traitant du sexe et du fait d'être une femme. Elle était à mourir de rire. Puis quatre ou cinq autres poètes se sont succédé, dans des genres très différents. L'un deux n'était pas plus âgé que moi. Le genre de mec à lunettes qui, en classe, s'assied tou-jours au premier rang et ne sait pas s'y prendre avec les filles. N'empêche qu'il a sorti une série de poèmes d'une fluidité parfaite.

J'ai demandé à Rosa-Leigh comment elle avait découvert cet endroit. Se penchant vers moi, elle a murmuré :

– Un des trucs excitants, quand on vient vivre à Londres, c'est les cafés poétiques comme celui-ci.

Je n'avais encore jamais entendu ce mot-là. Tout à coup, je me suis interrogée : que penserait Abigail d'un tel lieu ? Je me suis efforcée de le voir par ses yeux. Elle tenterait de capter l'attention de tous les gens présents en parlant trop et trop fort, afin de cacher son malaise.

Alors, j'ai retenu mon souffle parce que j'ai cru voir Emily entrer dans la salle et s'asseoir à une table toute proche. Elle s'est gratté le cou et m'a regardée. Sauf que ce n'était pas elle. C'était juste une fille qui lui ressemblait.

Sans doute Rosa-Leigh a-t-elle vu mes yeux s'embuer de larmes car elle m'a pressé le bras.

– Elle te manque, hein ?

Je ne lui ai pas demandé comment elle le savait. Pas la peine.

Samedi 1ᵉʳ avril

Jour des poissons d'avril. Assise sur le toit, je me suis souvenue du 1ᵉʳ avril de l'année dernière. Le matin,

126

Emily avait appelé pour annoncer qu'elle était enceinte. Maman s'était mise à pousser des cris horrifiés. J'étais sortie de ma chambre pour voir ce qui en était la cause. J'ai arraché le téléphone à maman. Emily riait si fort qu'elle avait du mal à articuler.

– Ne lui dis pas que c'est un poisson d'avril. Je lui ai dit que j'étais enceinte.

J'ai moi aussi éclaté de rire, ce qui n'a fait qu'attiser la colère de maman, avant qu'elle ne réalise ce qui se passait. Elle n'a pas trouvé ça drôle, en fait. Pour elle, la grossesse n'était pas un sujet de plaisanterie. Je me demande si nous étions heureuses, alors. Etait-ce une bonne journée ?

Dimanche 2 avril

Il n'est pas encore midi, et la journée me paraît déjà interminable. Maman et moi sommes coincées à la maison. Je viens de finir un roman de Stephen King. Chaque fois que j'ouvre un de ses livres, impossible de le lâcher. Puis j'ai tenté un truc que Rosa-Leigh m'a suggéré. Ça s'appelle un « poème trouvé ». On prend des mots dénichés ça et là et on les combine pour produire un poème. On « trouve » les mots en choisissant des phrases – ou des bribes de phrases – qu'on aime beaucoup. Puis on les associe de façon à créer quelque chose de nouveau. Je me suis dit que maman aimerait peut-être faire ça avec moi, sans savoir comment le lui

127

demander. Entre nous, ça va moyen. De toute manière, elle s'apprêtait à sortir.

– Tu vas où ?

– À Highgate, à l'église. Tu veux venir ?

Je n'en revenais pas qu'elle me le propose. Mais je n'ai pu m'empêcher de dire non. J'ai ignoré le soupir de maman. Voici mon premier essai de poème :

L'aide-mémoire
Tôt le lundi le mardi le mercredi
Pour Emily
Venue trop tard

Il est bref. J'ai trouvé les mots dans un des magazines de maman. Je vais aller chercher deux livres dans le salon pour essayer d'en composer un meilleur.

Il enseigne la Bible
Il vient d'écrire un livre
Il pense que son usage de la psychologie
Est un message biblique hardcore

J'aurais peut-être dû sortir avec maman. Je ne suis pas encore allée à l'église cette année. La dernière fois, c'était à la veille de Noël. Ça n'a servi qu'à me faire pleurer. Au moins, Bouledepoil est là avec moi, qui ronronne et me laboure les cuisses de ses pattes noires. Je l'ai caressée, elle a essayé de me mordre la main et s'est éclipsée d'un bond. Je sens, à sa déception de

128

chat, que je suis à ses yeux une piètre remplaçante d'Emily.

J'ai fini par abandonner le poème et suis montée sur le toit. Je me suis mise à repenser à cette dispute débile qu'on avait eue, Emily et moi, il y a environ un an. Je regardais la télé quand Emily est entrée dans la pièce vêtue d'une jupe verte.

– D'où tu sors ta jupe ? Elle est chouette.

– Je l'ai découpée dans une vieille robe.

– Quelle vieille robe ?

Ça m'a fait comme un coup au ventre.

– Une vieille robe que j'ai trouvée dans l'armoire...

– Dans l'armoire de qui ?

– J'en sais rien.

Le téléphone a sonné. Elle s'apprêtait déjà à quitter la pièce. J'ai attendu qu'elle ait fini de parler, écouté sa voix agaçante et joyeuse jusqu'à ce que chaque mot me vrille les oreilles tel un coton-tige trop enfoncé. Quand elle a raccroché, j'ai bondi du canapé et j'ai tiré sur sa jupe.

– De quelle armoire ?

– Lâche-moi ! Dégage ! a-t-elle crié.

– C'est MA ROBE que tu as découpée ! Ma robe préférée.

– Elle te boudinait, de toute façon.

Je lui ai balancé une claque, elle a vacillé en arrière.

– Espèce de tarée ! a-t-elle dit.

J'étais consciente d'avoir passé les bornes, mais impossible de m'arrêter.

– C'est quoi ton problème, Emily ? ai-je hurlé. Tu ne supportes pas que quelque chose ne t'appartienne pas. J'adorais cette robe et tu le savais !

– Elle te donnait l'air d'une pétasse !

– C'est pas vrai ! ai-je braillé. T'es trop vieille pour porter ce genre de robe, c'est tout.

Elle a tenté de s'esquiver, mais je l'ai plaquée contre le mur.

– Elle ne me donnait pas l'air d'une pétasse. Elle m'allait super bien. C'est pour ça que tu l'as découpée, pas vrai ?

– Je sais pas ce que tu as à flipper comme ça. Elle est mieux en jupe. Tu pourras me l'emprunter, si tu veux.

À cet instant, je l'ai haïe. J'aurais voulu la gifler à nouveau, mais je savais que je ne m'en sentirais pas mieux. J'avais envie de lui cracher à la figure.

– Je n'y toucherais pas même si tu me payais pour !

Puis, battant en retraite, je me suis mise à pleurer.

– Allez ! a-t-elle dit. C'est une robe, rien de plus. Je t'en achèterai une autre.

– Je te déteste.

– Prends cette jupe à la noix ! Je te la donne.

Elle l'a retirée, se retrouvant dans le couloir en culotte blanche.

Je suis retournée au salon, j'ai réglé le volume de la télé à fond. Mon cœur battait à tout rompre. Je ne pouvais oublier son expression lorsque je l'avais frappée, la trace rouge sur sa joue, la manière dont elle se tenait dans le couloir en sous-vêtements, la jupe à la main. Je suis restée assise sur le canapé, les bras croisés, à attendre que ma rage se dissipe.

À présent, je n'en reviens pas de m'être mise en colère pour si peu. Ça me paraît complètement idiot.

Lundi 3 avril

Maman vient d'entrer dans ma chambre. Elle s'est assise au bord du lit où j'étais étendue, et m'a informée qu'une de ses connaissances nous rendrait visite pas ce vendredi, mais le suivant. Elle serait très heureuse, a-t-elle ajouté, que je sois là. À sa voix, je la sentais à la fois nerveuse et impatiente. Je me suis souvenue qu'elle fréquentait un groupe de soutien, dont elle avait essayé de me parler deux ou trois fois ces derniers temps. Et voilà qu'elle était assise sur mon lit, le sourire aux lèvres. Que lui arrivait-il ? J'ai ramené mon bras sur mes yeux.

– Tu vas bien ? a demandé ma mère.

– Je croyais que tu n'avais même pas remarqué.

– Tu es injuste, Sophie.

– Qu'est-ce qui est juste, dans la vie, maman ?

J'ai réprimé les larmes que je sentais monter en moi. Un court instant, j'ai cru qu'elle allait me mettre la main sur l'épaule, qu'elle allait tout arranger, et que je pourrais lui dire : « Tu m'as manqué. » Sauf que ses mots ont été :

– Je ne sais pas quoi faire, Sophie. Je fais de mon mieux. Je sais que ça ne suffit pas. Je suis consciente de ne pas être à la hauteur.

Même si de telles paroles peuvent sembler réconfortantes, elles n'ont pas eu cet effet-là. J'ai aussitôt pété un câble. Comme quand sort la combinaison gagnante et que le jackpot crache tout son contenu. Me redressant soudain, je lui ai hurlé de sortir. Je lui ai dit que je ne tenais pas à rencontrer sa « connaissance » à la noix et que j'en avais marre de faire semblant. Le visage de maman s'est décomposé. Ses yeux ont perdu leur éclat. C'est alors que j'ai réalisé que s'ils m'avaient paru éclatants, c'est que je n'avais pas eu depuis longtemps l'occasion de la voir heureuse. Je l'avais replongée dans la tristesse. Et impossible de m'arrêter là ! J'ai hurlé :

– Tu ne te soucies pas de moi !

– Je suis désolée, Sophie. Je fais ce que je peux. Crois-moi. J'assiste aux réunions de ce groupe de soutien et j'essaie de me reprendre. Je sais à quel point c'est dur de...

– Tu n'as jamais de temps à me consacrer. Tu ne me vois même pas. Et maintenant, quelqu'un doit passer à la maison, et tout est censé ALLER BIEN ?

Je réalisais que j'étais odieuse. Croisant son regard, j'ai ajouté, en espérant que je me trompais :

– Ce quelqu'un est un homme, pas vrai ?

Elle a baissé les yeux. Puis les a à nouveau posés sur moi. Ils étaient pleins de larmes.

132

– Je t'en prie, Sophie. C'est juste un ami. Et j'ai vraiment fait de mon mieux. Je ne sais comment m'y prendre pour que ça aille mieux.

Que répondre à cela ? Ce n'était pas à *moi* d'arranger les choses. Même si tout était *ma* faute au départ. Et celle de cette saleté de lacet. Toute la longueur du lit nous séparait, et je pleurais comme une madeleine.

– Tu n'as aucune idée de ce que ça a été. Personne ne sait avec quoi je vis TOUS LES JOURS.

Puis je me suis mise à crier :

– Sors ! Sors de ma chambre !

Je ne hurlais plus. Je parlais d'une voix plus calme, plus ferme. J'ai répété les mots, me trouvant moi-même effrayante. Elle m'a jeté un regard désespéré, mais elle est partie. J'ai respiré un grand coup. La peur s'est agrippée à moi comme un cadavre voulant s'extirper d'une tombe. Mon cœur s'affolait, j'avais le souffle court, je pleurais en silence. Je me suis recouchée et je suis restée étendue là, secouée de frissons. J'allais mourir, me semblait-il.

Mardi 4 avril

Ce matin, j'ai fait semblant d'aller au lycée. Pour la première fois de ma vie. Mais je me sentais trop fébrile et bizarre pour m'y rendre pour de bon. Je suis partie sans rien dire à maman. J'ai attendu de l'autre côté de la rue, sans trop comprendre pourquoi. L'air était doux

133

et de petites fleurs jaunes apparaissaient à la surface des plates-bandes, entre les arbres rachitiques de notre rue. Je sentais l'odeur des fleurs, entendais le chant des oiseaux. La panique me donnait le vertige, et j'ignorais à quoi j'allais passer la journée. Heureusement, maman a fini par sortir. Je me suis demandé où elle allait. Mais quand je suis retournée dans la maison, j'ai vu qu'elle m'avait laissé un mot, pour le cas où je rentrerais la première : elle avait l'intention d'aller au supermarché, d'acheter des vêtements, et de passer à l'église de Highgate.

À l'intérieur, je me suis barricadée contre la gaieté du printemps. Je croyais être au calme, or les maisons désertées par leurs habitants sont tout sauf calmes : elles n'en craquent et n'en respirent que plus, comme si elles avaient leur personnalité à elles. Je me suis demandé quelle était la personnalité de notre maison – mélancolique et désaxée, j'imagine. Le parquet ciré par maman a grincé quand j'ai frôlé le buffet, le vieux téléphone à la main (si vieux qu'il possède un cadran rond !). Le miroir m'a renvoyé mon reflet, qui m'a choquée. J'avais l'air livide, épuisée. J'ai passé un doigt sur mes cernes noirs. Au-dessus de la porte du salon, les plantes suspendues avaient besoin d'être arrosées. Mais je ne suis pas allée chercher l'arrosoir. Au lieu de ça, je suis restée plantée là à regarder tous les livres et, sur les murs, les tableaux peints par maman il y a des années. J'ai tenté de me rappeler quand elle avait laissé tomber la peinture. C'est alors que je me suis souvenue qu'elle jouait du saxophone quand j'étais petite. Emily et moi nous moquions d'elle et la suppliions d'arrêter. Et elle a fini par le faire. Je ne me rappelle pas la dernière fois où je l'ai entendue jouer. Si j'avais su que c'était la dernière fois, je l'aurais suppliée de continuer.

J'ai monté l'escalier et me suis arrêtée devant la porte de la chambre d'Emily, l'ai ouverte. J'ai regardé ses affaires rangées comme elles l'avaient toujours été. Je suis tombée à genoux, un son m'a échappé, le gémissement d'un animal blessé. J'ai porté mes mains à mon ventre et me suis pliée en deux. La douleur ne s'est pas atténuée. Je pleurais sans pouvoir m'arrêter.

Mercredi 5 avril

À la pause, Mme Bloxam, les cheveux retombant sur son visage joufflu et couvert de sueur, s'est dirigée vers moi d'un pas pesant. DE BUT EN BLANC, elle m'a sorti :

– Comment fais-tu pour gérer la chose ?

Elle a dit « la chose » comme s'il s'agissait d'une *chose* cachée sous le lit. Drôle de mot, *chose*. Tous les mots deviennent bizarres quand on commence à trop s'en servir. *Bizarre* est un mot bizarre.

Vu que Mme Bloxam paraît toujours sur le point d'avoir une crise cardiaque et qu'elle a les yeux globuleux et tout le reste, je n'en revenais pas de la voir si

135

bien disposée. Ça m'a donné envie de pleurer, puis de quitter la salle en courant ou de vomir. Mais je suis restée plantée là et j'ai hoché la tête.

– Tu vas bien ? a-t-elle dit.

Elle a des ongles rouges extrêmement longs, auxquels elle doit consacrer plusieurs heures par semaine. Peut-être même se paie-t-elle des manucures bien qu'elle soit, par ailleurs, hideuse et bouffie. Son parfum coûteux m'est parvenu aux narines. Mon regard s'est posé sur ses ongles, et à nouveau sur son visage tandis que je songeais à lui dire que je n'allais pas bien – pas vraiment.

Elle a jeté un coup d'œil à l'horloge. Elle avait visiblement trop à faire pour tenir *réellement* à savoir ce que je ressentais.

– Je m'en sors, ai-je dit.

Elle a hoché la tête.

– Et tu te portes bien.

Elle est sortie de la salle. Je suis demeurée là, secouée de frissons. Je suis allée aux toilettes pour essayer de retrouver mon calme. J'ai cru que j'allais vomir, mais pour finir je n'en ai rien fait.

Je voyais bien Mme Bloxam dans la salle des profs, une tasse de thé dans une main et un beignet dans l'autre. Elle devait être contente d'elle, se figurer qu'elle s'était montrée bonne envers moi. Or elle n'avait rien fait en réalité. Je m'en suis voulu, alors, d'avoir des pensées si mesquines. Elle avait juste essayé.

Jeudi 6 avril

Oh mon Dieu. Mark, le papa de Lucy Haywood, a fait une crise cardiaque. Il était en train de jouer au squash quand il a perdu connaissance. Maman et moi allons tout de suite à l'hôpital voir comment il se porte. Il n'est pas mort, mais ça a l'air très grave. Si j'étais sûre qu'il y a un Dieu, je lui dirais : « TU VEUX BIEN ARRÊTER DE POURRIR LA VIE À TOUT LE MONDE ! »

Maman m'a autorisée à louper les cours (elle ignore que c'est la deuxième fois cette semaine) et à passer la journée à l'hôpital. En temps normal, elle ne l'aurait pas permis mais – ce sont ses mots – « vu tout ce qui nous est arrivé et le soutien que nous ont apporté les Haywood, c'est le minimum qu'on soit là pour eux ». Ce matin, les médecins pensaient vraiment que Mark ne s'en tirerait pas. Puis il a subi une longue opération. On a passé la journée à fournir la famille en tasses de thé. Ma mère tenait la main de Katherine.

Maman s'est montrée douce et réconfortante. Comme une maman. Nous n'avons pas fait allusion à notre dispute la plus récente ou quoi que ce soit. Je lui ai apporté deux cafés. Elle a souri et dit « merci », elle paraissait redevenue elle-même. ENFIN, le chirurgien est ressorti et a annoncé que Katherine, Lucy et les jumelles pouvaient aller voir Mark. Personne ne l'a remarqué à part moi, mais maman a reculé d'un pas et grimacé, comme si on lui mettait un couteau sur la gorge. Était-elle triste ou heureuse, je n'en sais rien. Le pire, c'est que je comprends exactement ce qu'elle ressentait.

Katherine et les autres sont allés dans la chambre de Mark. Maman et moi sommes restées assises dans le couloir, dans un silence *total*. C'était horrible. Puis Lucy a émergé de la chambre et, d'une voix excitée, a dit que son père pouvait à nouveau parler. Elle y est aussitôt retournée. De toute évidence, notre présence n'était plus nécessaire. J'ai pensé à la famille Haywood réunie au chevet de Mark, et j'ai eu l'impression que maman et moi étions les personnes les plus seules au monde.

Si un drame les avait frappés, si l'état de Mark s'était aggravé, nous ne nous serions pas senties si seules à l'hôpital. Mais alors Mark n'aurait pas survécu, ce qui aurait été affreux. Mon Dieu, je ne suis même pas sûre de comprendre ce que j'essaie d'exprimer.

Dans la voiture, sur le trajet de la maison, je me suis rappelé des vacances en famille, avec eux. Il doit bien y avoir dix ans, car j'étais vraiment jeune. Je crois que c'est l'année où nous sommes allés en France. Toujours est-il qu'on se trouvait près d'un lac, et qu'il faisait vraiment chaud. Mark et Katherine sont là, dans ma mémoire, mais pas les jumelles évidemment. Mark lance un ballon et le rattrape. Je vois le ballon – qui est rouge – se détacher sur le bleu du ciel, le temps d'un battement de cœur, avant de retomber entre les mains de Mark, qui l'attend.

Je veux qu'il se rétablisse. Je veux qu'il rentre chez lui.

8

Gît l'été dernier

Au lycée, l'horreur. Quand j'ai franchi la porte principale, mon cœur battait si fort que ça m'a fait peur. J'ai passé toute la pause à flipper. Rosa-Leigh, malade, était absente. Megan et Abigail travaillaient ensemble sur un projet, Dieu sait où. Je me suis retrouvée à devoir discuter avec Zara et, comme nous n'avions rien à nous dire, je lui ai raconté la crise cardiaque de Mark, et elle s'est réellement efforcée de paraître intéressée.

Et puis, au cours de la pause-déjeuner, ABIGAIL s'est avancée vers moi. Je la sentais près de moi sans avoir à lever les yeux. Elle a toussé.

– Salut. Ça va ? a-t-elle dit.

– Qu'est-ce que ça peut te faire ?

– On est amies, non ?

Je l'ai fixée droit dans les yeux, en proie à la confusion. Après la dispute qu'on avait eue, je ne pensais pas qu'on puisse jamais se réconcilier. Je ne suis même plus sûre de vouloir être son amie, de toute manière.

Elle évitait de me regarder en face, et se balançait d'un pied sur l'autre.

– Zara m'a raconté ce qui est arrivé à Mark Haywood. C'est vraiment triste. Il va comment ?

Elle connaît les Haywood pour avoir fait leur connaissance chez nous.

J'ai réalisé alors que si elle voulait faire la paix, c'est seulement parce qu'elle avait pitié de moi. Un rapprochement dû aux circonstances, pas de vraies excuses. Je n'avais jamais encore senti une telle distance entre nous – même quand on se hurlait dessus on était plus proches.

– Il se remet, ai-je dit. Ne t'inquiète pas.

Je n'arrivais pas à oublier les horreurs qu'elle m'avait sorties au cours de la dispute, le fait qu'elle avait lu à voix haute ma lettre d'excuses, sa façon de se jeter au cou de Dan...

– Tant mieux, je suis contente.

– Ouais, tout va bien.

Soudain, elle s'est penchée et m'a serrée contre elle, à croire que tout allait bien. Elle m'a paru très osseuse, un peu comme un oiseau. Elle m'a demandé de venir m'asseoir avec elle et les autres, ce que j'ai fait. Et puis elle s'est mise à parler de Dan et elle. Je me suis remise à trembler tellement je la détestais (à nouveau !) même si elle n'est pas censée savoir que je craque pour lui. J'ai dit que je devais partir. C'est à peine si elle s'en est rendu compte, embarquée qu'elle était dans ses « Dan ceci » et « Dan cela ». Je suis sortie de table et suis allée me balader seule dehors. J'ai beau savoir que Dan ne me donne plus de nouvelles depuis un temps fou, qu'il sort avec Abigail, et que je ferais mieux de l'oublier, je ne peux m'empêcher de gamberger sur tout ça. Je suis une andouille.

Comme il a fait beau toute la journée, je me suis figuré que l'hiver avait fondu comme neige au soleil. Mais lorsque j'ai quitté le lycée, il caillait et j'ai failli mourir de froid en attendant l'autobus. À mon arrivée chez moi, j'ai écrit un poème en prose au sujet de la mort. Sans doute que ça collait bien avec mon humeur.

La mort – bleu foncé, elle se plie à ta volonté, elle te ramène à la maison et t'en arrache, et dans le tunnel sombre elle attend, solitude brûlante comme le feu comme le gâchis comme l'odeur poisseuse des poubelles dans la chaleur et son attente est sans fin, tout comme sa patience, son sourire décontracté, et elle te prend par la main et t'entraîne loin de moi et je ne peux l'en empêcher, pas cette mort, pas cette femme qui attend dans le noir telle une danseuse couverte de voiles qui ne laissent rien deviner, elle t'emporte lentement et puis plus vite, et la douleur de la mort n'est rien comparée à l'odeur des poubelles dans la chaleur.

Dimanche 9 avril

Ce week-end est passé en glissant comme une traînée de boue.

Ce matin, les Haywood ont appelé pour nous dire que Mark allait beaucoup mieux. Il se pourrait même qu'il soit bientôt de retour à la maison. La nouvelle m'a tranquillisée. Au lycée, pendant la pause-déjeuner, tout le monde traînait à la cafèt' étant donné qu'il pleuvait. Abigail était cool, bien que le climat reste tendu entre nous. Zara faisait rire tout le monde. Megan n'était pas trop épouvantable. Pour une fois c'était vraiment sympa.

Megan a proposé de jouer à un jeu. Chacune devrait prendre une feuille et écrire son nom en haut. Les feuilles circuleraient et les autres seraient libres d'écrire ce qu'elles voudraient au sujet de cette personne. Incognito.

Personne n'avait vraiment envie de jouer, si ce n'est par curiosité. Ça se sentait à la façon dont nous nous étions redressées, et légèrement penchées en avant. Abigail a griffonné son nom sur une feuille, qu'elle a passée à Megan avec un :

– C'est parti ! Il n'y a rien d'autre à faire.

J'ai moi aussi inscrit mon nom, de même que Kalila, Yasmin et Zara. Rosa-Leigh s'est levée d'un bond pour aller s'asseoir avec un autre groupe de filles. Je regrette, à présent, de ne pas l'avoir imitée.

– À vos stylos ! a dit Abigail, s'adressant à nous toutes.

À son sujet, j'ai écrit qu'elle pouvait être la fille la plus géniale du monde, mais qu'elle était très imprévisible et qu'il lui arrivait de se montrer méchante sans en avoir conscience. Et qu'elle était autoritaire. Voici les remarques qui ont été faites à mon propos, précédées du prénom de leur auteur PRÉSUMÉ. Cette liste n'a pas fini de me rendre MALADE.

Yasmin : *J'aime bien Sophie, mais elle est très émotive, ce qui est compréhensible mais pas facile à gérer.*

Zara : *Elle est intelligente et sympa, mais un peu collante.*

Kalila : *Elle est drôle et vive et bonne en anglais. Peut-être un peu trop sensible aux opinions des autres. Elle a parfois des coups de blues. J'aimerais mieux la connaître.*

Abigail (de loin LA PIRE !) : *Sophie s'imagine valoir mieux que les autres. Elle se croit la plus intelligente du monde et s'imagine mieux connaître les réalités de la vie que n'importe qui. Elle n'arrête pas de critiquer les autres. Elle ne pense qu'à sa petite personne, et elle pleure trop. Elle est plus irritable qu'avant, même si ce n'est pas sa faute. Quand elle n'est pas de mauvaise humeur, on se marre bien.*

Megan : *Je la trouve un peu rasoir, mais OK. Elle n'a jamais envie de faire des trucs drôles et se met dans tous ses états quand les autres en ont envie. Difficile de s'entendre avec elle car elle est TRÈS versatile. Avec elle, c'est les montagnes russes !*

La cloche a sonné. Toute la journée, j'ai eu l'impression que les mots écrits sur cette feuille me vrillaient

145

la tête. Rosa-Leigh ne s'est pas montrée très compatissante quand je lui ai confié, dans le bus, que certaines des remarques m'avaient vraiment blessée.

– Ne demande jamais aux autres ce qu'ils pensent de toi. Tu n'entendras jamais ce que tu as envie d'entendre.

– Qu'est-ce que tu en sais ? ai-je demandé.

– C'est comme ça.

Elle m'a dit de balancer la feuille à la poubelle et de ne plus y penser.

Tout cela me rend perplexe : comment la vision que j'ai de moi-même peut-elle être si différente de ce que voient les autres ? Je n'ai JAMAIS eu l'impression de critiquer les autres. Et je ne crois pas être trop sensible – du moins je ne l'*étais* pas. C'est que récemment, j'ai vécu des tas de trucs affreux. Quand Emily était là, j'étais différente, c'est sûr. Plus heureuse. Je regrette d'avoir participé à ce jeu débile.

Mardi 11 avril

Impossible d'affronter le lycée. Il faut que j'y aille, pourtant : aujourd'hui a lieu une grande discussion sur l'avenir des élèves. Le genre de chose qui me rentre par une oreille et me sort par l'autre. Comme si je me souciais de l'avenir ! Comme si tout ça m'importait ! On a beau être à la veille des vacances de Pâques, c'est plus que je n'en peux supporter.

146

J'ai dit à maman que je me sentais trop malade pour y aller. C'était faux, mais elle ne m'a pas posé de questions. Elle a dit, en haussant les épaules, qu'elle allait me préparer des toasts et des œufs brouillés. Elle me les a servis comme je les aime, avec des tomates en tranches. J'étais stupéfaite qu'elle s'en souvienne. Elle s'est affairée au rez-de-chaussée, et que je regarde la télé presque toute la journée n'a pas eu l'air de la déranger. À deux reprises, j'ai cru qu'elle allait venir s'asseoir près de moi. Je l'ai fusillée du regard, et elle a gardé ses distances. J'ai songé à écrire un poème, mais les mots me manquaient.

Rosa-Leigh vient d'appeler pour savoir comment je vais. Je lui ai dit que j'avais la grippe. On a discuté un moment, et je me suis surprise à lui parler de maman, et de cet ami à qui elle veut me présenter – bien qu'elle n'y ait plus fait allusion depuis l'arrêt cardiaque de Mark. Sans doute que ça me trotte dans la tête. Rosa-Leigh n'a rien rétorqué.

– Quoi ? ai-je dit. Je ne supporte pas que maman me fasse ça !

– Enfin, et si ta mère a besoin d'un ami en ce moment ? a répliqué Rosa-Leigh avec douceur, comme si elle craignait de me blesser, mais ne pouvait se retenir de poser la question.

– Et moi, alors ?

En disant ça, j'avais conscience de mon égoïsme.

– Elle a peut-être besoin de quelqu'un pour l'aider à traverser ça.

– Tu ne devrais pas prendre sa défense.

Un silence gêné.

– OK, a dit Rosa-Leigh.

Puis, passant du coq à l'âne :

– Abigail m'a invitée à une soirée chez elle, vendredi.

– Encore une ?

– Tu viens avec moi ?

J'ai menti :

– Je peux pas. Ma mère m'appelle, faut que je te quitte.

En raccrochant, j'avais un sentiment bizarre. Je pouvais parfaitement aller à cette soirée. Je n'avais rien de prévu le lendemain. Mais Abigail ne m'avait pas invitée, alors qu'on était censées s'être réconciliées.

Parfois, je voudrais être à des milliers de kilomètres d'ici. Et vivre une autre vie dans un autre lieu, avec une autre mère et une famille dans le style des Haywood ou de celle de Rosa-Leigh. Je vais prendre une douche ET NE JAMAIS REPENSER À TOUT ÇA.

Mercredi 12 avril

Ce soir, assise sur le toit, j'ai écouté la radio. Je ne portais qu'un pull léger – il faisait suffisamment doux pour ça. Le printemps est en train de grignoter l'hiver, bientôt viendra l'été. Perchée là-haut, il ne m'a pas fallu longtemps pour repenser à l'été dernier. J'ai revu le soir où Emily était enfin revenue de vacances.

Je me souviens que maman et moi l'avions attendue des heures. Nous avions regardé la nuit tomber, en faisant semblant d'être absorbées par la télé. À un moment, maman a lancé :

– Sophie, arrête de pianoter sur la table !

Peu après, elle a dit :

– Tu dois avoir mieux à faire, non ?

Mais si elle était aussi ronchon, c'est parce qu'Emily était en retard. J'ai collé mon visage à la fenêtre. Puis je suis allée me chercher un livre. Maman m'a demandé ce que j'étais en train de lire, d'un ton réellement intéressé. J'ai fait celle qui n'avait rien entendu. Quand Emily est enfin arrivée, nous nous sommes jetées à son cou. Et puis, trop occupées à la serrer contre nous, à lui donner un coup de main avec ses bagages et à mettre la table pour elle, nous en avons presque oublié notre longue attente.

Après coup, j'ai regretté chaque minute de cette interminable soirée. Attendre Emily valait tellement mieux que ne plus avoir à l'attendre, comme cela s'est avéré.

Emily a envoyé valser ses mocassins en toile rouge. Elle s'est attaché les cheveux en une queue de cheval, laissant voir des boucles d'oreilles en pierre de lune. Sa robe, courte et tendance, était imprimée de tourbillons rouges et argent. J'ai baissé les yeux sur mon jean. Jamais je n'aurais pu porter une robe pareille. Emily a caressé Bouledepoil, qui a ronronné de plaisir. Puis elle est entrée dans la cuisine, où l'attendait son dîner.

Nous nous sommes assises avec Emily. Elle nous a parlé de ses cours et de ce boulot qu'elle a fait après la fin des cours : aider des gens du coin à peindre et à dessiner leurs expériences douloureuses. Dans tous ses jobs, elle se rendait utile. Certains week-ends, elle était bénévole dans un centre pour enfants présentant des difficultés d'apprentissage. Plus jeune, elle avait travaillé dans une maison de retraite. J'ai vu Emily s'arrêter en pleine rue pour donner à un SDF un sandwich qu'elle avait pourtant acheté pour elle.

Je l'ai regardée parler. Ses lèvres remuaient sans cesse, ses mains bougeaient dans tous les sens. Elle nous a annoncé qu'elle avait un nouveau petit copain. Je me suis demandé si je l'avais déjà vu. J'étais allée deux fois lui rendre visite à Leeds, dans sa maison : une immense baraque pleine d'étudiants aux chambres à coucher colorées, qui semblaient toujours soit arriver, soit être sur le départ. L'un d'eux aspirait à devenir pilote, un autre voulait bosser pour la télé. Le nouveau petit ami d'Emily était-il le garçon qui occupait la chambre du rez-de-chaussée ? Bien bâti, d'une beauté classique, il la dévorait des yeux dès qu'elle ouvrait la bouche.

Dès qu'Emily a eu fini de manger – elle laissait la

moitié de ses pâtes et la totalité de la salade, car elle n'avait cessé de parler en faisant tourner sa fourchette, avant de balayer d'un geste son assiette –, elle est allée chercher un truc qu'elle voulait nous montrer. Elle est revenue dans la cuisine avec un gros sac à dos qu'elle a ouvert avec solennité sur le sol en liège. Elle en a tiré deux branches d'arbre qui n'avaient rien de spécial – enfin, des brindilles plutôt – et les a posées sur la table. J'ai ramassé son assiette et, après en avoir raclé le contenu dans la poubelle, l'ai mise dans le lave-vaisselle. Maman nous a préparé une tasse de thé. Emily nous a expliqué que les branches lui serviraient pour son nouveau projet – elle allait faire un arbre généalogique. À chacune des branches, elle suspendrait des feuilles où seraient imprimés les visages des membres de la famille.

Maman nous a dit qu'elle possédait un vieil album de famille qui comportait, sur la première page, un arbre généalogique. Elle est allée le chercher. Comme nous étions toutes les deux, Emily m'a fait un clin d'œil et, posant la main sur mon bras, m'a demandé comment je me portais.

– Bien. C'est l'été, je suis contente.

J'aurais voulu lui dire tant de choses. Mais j'étais soudain intimidée, car nous n'avions pas beaucoup discuté lorsqu'elle était à Leeds. J'ai détourné les yeux, puis l'ai à nouveau fixée, désireuse de lui parler. Elle s'est penchée vers moi pour m'adresser la parole, mais alors son portable a sonné. Elle a répondu, d'une voix douce. J'ai écouté, m'efforçant de deviner qui l'appelait. Avec ses amis, elle avait un ton plus cool que quand elle s'adressait à nous. On aurait dit une inconnue. Elle a raccroché, s'est redressée. Si je voulais qu'on papote un peu toutes les deux, c'était maintenant ou jamais. Mais maman est arrivée. C'était raté.

Maman a montré à Emily les noms de membres de la famille morts depuis longtemps. J'ai regardé par la fenêtre, regrettant qu'il n'y ait pas d'étoiles à compter. Du fait de la pollution lumineuse, il est rare, à Londres, qu'on puisse observer les étoiles. De la pollution lumineuse et des nuages. Me sentant soudain très seule, je me suis replongée dans la conversation. Emily se demandait si des feuilles mortes ne pourraient pas représenter les morts – comme papa. Je trouvais l'idée morbide.

Maman a éteint les lampes et allumé les bougies. J'ai regardé danser les petites flammes. C'était chouette, d'avoir Emily à la maison. Le bruit, l'agitation et le théâtre qu'elle apportait m'avaient manqué. Tout comme les clins d'œil qu'elle me faisait quand maman me faisait ma fête. Et sa façon de me connaître, mieux que n'importe qui au monde.

Emily et maman ont continué à discuter. J'observais la flamme basse des bougies, les formes que dessinaient les ombres. Comme la dernière flamme vacillait, maman a décrété qu'il était temps d'aller se coucher.

Emily a acquiescé. Elle était fatiguée. La veille au soir, elle était sortie tard avec des amis. J'étais jalouse de ces gens à qui elle consacrait son temps au lieu de le passer en ma compagnie. Et déçue. J'aurais voulu qu'Emily et moi puissions bavarder encore toutes les deux. Maman nous a proposé un chocolat chaud. Normalement, elle n'avait jamais le temps de m'en préparer. J'ai failli refuser par dépit, avant de me raviser. Elle nous a apporté à chacune une tasse, j'ai monté la mienne dans ma chambre. J'ai entendu Emily répondre à son téléphone portable dans la pièce voisine, et papoter avec quelqu'un jusque tard dans la nuit. Je me suis endormie bercée par le son de sa voix.

Je voudrais tellement l'entendre à nouveau.

Je me suis réveillée en pleine nuit, en entendant la voix d'Emily. Oui, c'était SA VOIX. À croire qu'elle était assise sur mon lit et me parlait à l'oreille.

– Pourquoi est-ce que c'est arrivé ? demandait-elle. Ce n'est pas juste.

Elle l'a dit et redit jusqu'à ce que je me bouche les oreilles pour ne plus l'entendre. Mon Dieu ! J'ai le sentiment de plonger dans le vide, sans personne pour me rattraper.

Jeudi 13 avril

Rosa-Leigh vient d'appeler pour prendre de mes nouvelles. Je n'avais pas vraiment envie de lui parler, elle l'a tout de suite senti.

– Je sais que tu m'en veux, à cause de ce que j'ai dit au sujet de l'ami de ta mère.

– Non, je t'en veux pas.

– Eh bien, je suis désolée.

– Là, tout de suite, je n'ai pas envie de penser à elle.

– N'en parlons pas, alors. Je sais aussi que tu es en colère à propos de la soirée d'Abigail. Si j'ai accepté d'y aller, c'est seulement parce que je pensais que tu viendrais avec moi.

– Elle ne m'a même pas invitée.

– Et alors ? Ce sera marrant.

J'ai fait la grimace. Et là, j'ai surpris mon reflet dans le miroir, assise sur mon lit, en train de m'apitoyer sur mon sort. Je me suis mise à glousser. À l'autre bout du fil, Rosa-Leigh a elle aussi éclaté de rire.

– Je viens te chercher, a-t-elle dit.

– Passe à la maison, si tu veux. Maman pourra peut-être nous déposer en voiture, ou bien on prendra le bus.

– Je pensais que tu ne m'inviterais jamais chez toi.

– Ma maison n'est pas la plus agréable des...

Un silence a suivi. Puis Rosa-Leigh a lancé :

– Mon frère te trouve mignonne.

– Lequel ? ai-je demandé en rougissant.

– Joshua. Mais tu ne peux pas sortir avec mon frère.

– C'est vrai qu'il me trouve mignonne ?

– Tu ne peux pas sortir avec mon frère ! a-t-elle répété en s'esclaffant.

– À quelle heure tu passes, demain ?

– Dans l'après-midi, c'est bon ?

Je vais devoir faire en sorte que ma maison soit plus accueillante d'ici là. Peut-être pourrais-je prétendre que maman n'est pas là, pour ne pas être obligée de faire les présentations ? Mes rapports avec ma mère sont si tendus, si imprévisibles. J'ai beau savoir que c'est en partie ma faute, j'ai du mal à supporter sa présence.

Vendredi 14 avril

Rosa-Leigh est arrivée et nous sommes allées dans ma chambre. Je n'ai pas prévenu maman qu'elle était là, ne les ai pas présentées – même si ça nous obligeait à prendre le bus pour aller à la soirée. Assises sur mon lit, Rosa-Leigh et moi discutions et rigolions quand on a frappé à la porte, qui s'est ouverte toute grande. Maman se tenait là, sur le seuil, avec le regard plein d'espoir d'une gosse le soir de Noël.

– On dirait que vous vous amusez, les filles.

Elle m'a jeté un coup d'œil, si contente que c'en était pathétique.

Mon amie s'est levée.

– Je suis Rosa-Leigh. On s'est croisées l'autre jour chez moi. Heureuse de vous revoir.

– Bonjour. Enchantée de faire ta connaissance... Ça vous dirait de manger quelque chose, les filles ?

– C'est bon, maman.

Je n'avais qu'une envie : qu'elle s'en aille et cesse de me mettre mal à l'aise.

– Non, je vais vous mitonner quelque chose.

– C'est bon. On va chez Abigail.

– Comment va Abigail ? a-t-elle demandé avec son sourire plein de tendresse.

J'ai cru qu'elle allait venir s'asseoir sur le lit. Je me suis levée.

– Faut qu'on se prépare.

– Laissez-moi vous y déposer en voiture, a-t-elle répliqué.

Je suis restée silencieuse.

– Ce serait super, merci, a répondu Rosa-Leigh.

– Maintenant, faut vraiment qu'on se prépare, ai-je insisté.

Maman m'a regardée et, telle la lune s'élevant lentement dans le ciel, l'évidence a fini par s'imposer à elle : elle a compris que je ne voulais pas d'elle dans les parages. Nous n'aurions qu'à la prévenir quand nous serions prêtes, a-t-elle dit. Et elle est partie.

J'avais mauvaise conscience. J'ai respiré un grand coup.

– Désolée.

Rosa-Leigh a haussé les épaules.

– Elle est vraiment gentille. Tu devrais...

Elle s'est gardée d'achever sa phrase, ce dont je lui ai été reconnaissante.

Maman nous a conduites chez Abigail. C'est elle qui a ouvert la porte. Très mince et très pâle, elle avait une mine épouvantable. Je lui ai dit bonsoir. Malgré mon envie de lui demander pourquoi elle ne m'avait pas invitée alors qu'on était censées être à nouveau amies, je me suis contentée de sourire comme si de rien n'était.

Elle m'a regardée comme si elle ne me reconnaissait pas puis, avec un grand sourire, m'a saluée à son tour.

Soudain, j'étais contente d'être là. Il fallait que je parle à Abigail, qu'on fasse vraiment la paix. C'est ma meilleure amie et elle me manque. On passait de si bons moments ensemble. Elle avait toujours eu des idées délirantes, que j'écoutais en riant avec elle. L'espace d'un instant, j'ai cru qu'elle allait me serrer dans ses bras, quand quelqu'un nous a bousculées. Dan est apparu et lui a passé un bras autour de la taille. Je me suis demandé ce que ça me ferait d'être ainsi enlacée par lui. J'ai dévisagé Abigail, m'attendant à la voir sourire. Or elle serrait les dents. Elle avait beau paraître mal à l'aise avec Dan, je n'en étais pas moins jalouse. J'aurais tant voulu être à sa place.

Tout à coup, une haie semblait s'être dressée entre Abi et moi. Pas un mur (c'est trop mastoc) mais une haie aux branches épaisses et feuillues. Je distinguais encore ma meilleure amie par les interstices, mais ne pouvais plus la toucher.

Dan m'a souri et, malgré moi, mon corps a été secoué d'un frisson. J'ai rougi. Il est tellement sexy, et ses yeux sont à tomber. Mon Dieu, ce qu'il me plaît !

Nous sommes entrées et nous sommes servi à boire. C'était bizarre, car il y avait des tas de gens que je n'avais jamais vus. Autrefois Abi et moi aurions appelé ensemble les gens pour les inviter. Qui étaient tous ces inconnus ?

Au centre de la pièce, Megan parlait très fort, visiblement déjà saoule. J'ai discuté un petit moment avec Zara – même si je n'avais pas oublié qu'elle m'avait qualifiée de « collante » au cours de ce jeu débile (alors qu'il n'y a pas moins collante que moi). Puis je me suis demandé si c'était vraiment elle qui avait écrit ça. Heureusement son téléphone a sonné, ce qui m'a évité d'avoir à discuter plus longtemps avec elle.

J'ai erré ça et là, puis je me suis assise et j'ai discuté avec le mec à côté de moi, qui n'était pas mignon du tout, et me faisait un peu pitié.

Il était déjà tard alors. La maison était plongée dans le noir, et pleine de monde. À un moment, je me suis imaginé que des gens surgissaient en masse dans la pièce, leurs corps s'enchevêtrant dans une monstrueuse bousculade avant de se désagréger. On est facilement piétiné à mort dans une pièce sombre et bondée. Je me suis imaginée gisant sur le sol, perdant mon sang, les membres disloqués, les poumons cherchant à aspirer un peu d'air après que quelqu'un m'eut marché dessus sans le faire exprès. J'ai repris mon souffle, me suis forcée à penser à autre chose. Je me suis demandé où était la mère d'Abigail. Je n'avais encore jamais vu la maison dans cet état. J'avais l'impression d'être chez des inconnus, non dans une maison où j'avais passé un temps fou, et où j'aurais su me repérer les yeux fermés.

J'avais envie d'aller aux toilettes, mais celles du rez-de-chaussée étaient occupées. Je suis allée à l'étage, même si Abigail avait disposé tous les manteaux sur l'escalier pour empêcher les gens de monter. Pas de lumière dans le couloir d'en haut. Je l'ai longé sur la pointe des pieds, en songeant que l'année dernière encore, je me sentais ici chez moi. Et alors, surgi de nulle part, quelqu'un m'a mis la main sur le poignet.

J'ai sursauté.

– Désolé. Je ne voulais pas te faire peur, a dit une voix.

– Dan ? ai-je bafouillé. Qu'est-ce que tu fais ici ?

– J'avais besoin de respirer un peu.

Il se tenait sur le seuil de la chambre d'Abigail. Ses doigts me serraient le poignet comme un étau.

– Où est Abigail ?

Il a haussé les épaules.

– Viens me parler une minute.

– C'est pas une bonne idée.

– Crois-moi, Sophie. Je voudrais te connaître mieux.

– Abigail et toi... ai-je commencé, ne ressentant plus rien que la tiédeur de sa main.

– Elle n'est pas ici, en haut, n'est-ce pas ?

– Je retourne en bas, ai-je dit.

N'empêche que ça m'a bouleversée.

Il s'est penché et, dans un rai de lumière, j'ai pu voir ses yeux. Le parfum de son after-shave me parvenait aux narines.

– Ne sois pas comme ça, a-t-il dit.

– Faut que j'y aille.

– Ne pars pas.

Il m'a serré le poignet encore plus fort : une vraie menotte.

– Dan, ai-je dit.

Je ne reconnaissais plus ma voix.

C'est alors qu'il m'a embrassée, ce qui m'a prise au dépourvu. Non, c'est un mensonge. Je savais qu'il allait m'embrasser. J'étais tout sauf surprise. Ma bouche s'est entrouverte. J'ai songé à la facilité avec laquelle tout peut changer. À la facilité avec laquelle je pouvais changer. Je me suis plaquée contre lui. Il a glissé la main dans mes cheveux. Un frisson m'a couru sur la peau. Je ne voulais pas qu'il s'arrête. J'ai quand même fait en sorte de me dégager.

– Je ne peux pas faire ça à Abigail, ai-je dit.

Je l'ai regardé en face.

– Maintenant, je m'en vais, ai-je dit.

– Reste ici !

Il s'est penché vers moi.

– Je ne peux pas lui faire ça !

Il m'a à nouveau embrassée. Il avait la bouche tiède, les lèvres douces. Je ne pouvais que lui rendre son baiser. Il m'a passé la main sur le dos, sur les hanches. Et puis, à peine avait-il glissé une main sous mon chemisier que j'ai pensé à Abigail, à son expression choquée si elle savait. J'ai reculé, prenant appui sur son torse pour ne pas perdre l'équilibre. J'ai évité son regard.

– Sophie ! a-t-il dit.

Je me suis écartée et j'ai dévalé l'escalier, manquant de me casser la figure.

Je me suis assise à côté de Rosa-Leigh, qui m'a passé une bière. Elle discutait avec deux mecs. À croire qu'il ne s'était rien passé. Sauf que j'étais rouge comme une tomate et que je ne cessais de guetter l'arrivée de Dan. Je repensais à lui, là-haut, dans le noir.

J'ai honte de l'avouer mais, au bout de cinq minutes, je me suis dit qu'il devait toujours attendre et j'ai décidé de retourner le voir. Or à peine m'étais-je levée que Rosa-Leigh a décrété que nous devions rentrer. Y voyant un signe, je l'ai suivie hors de la maison, cherchant une dernière fois à apercevoir Dan. Comme je lui adressais à peine la parole dans le taxi, elle m'a demandé si ça allait.

– Je suis fatiguée, c'est tout.

– Je suis désolée de ce que j'ai dit au sujet de ta mère et de son ami. Ça ne me regarde pas.

– Je n'y pensais même plus.

C'était vrai. Je ne songeais ni à maman, ni à Emily, ni à rien de tout ça. Mais tout à coup, je me suis mise à regretter qu'Emily ne soit pas là, à côté de moi. Que ce ne soit pas elle qui me demande si ça allait. Je lui aurais parlé de Dan. Elle m'aurait donné des conseils.

J'ai détourné les yeux, pour que Rosa-Leigh ne voie pas qu'ils étaient embués de larmes. Je les ai ravalées.

J'ai encore la tête qui tourne. Je n'en reviens pas d'avoir embrassé le mec avec qui sort ma meilleure amie – même si elle a cessé de l'être. Mais c'était si bon de l'embrasser. Envoûtée par le goût de sa bouche et le contact de ses mains, j'ai momentanément oublié tout le reste. Le pire, c'est que je voudrais recommencer.

9

Où rien ne peut nager

Samedi 15 avril

Maman était sortie quand Katherine a appelé. Mark va infiniment mieux, bien qu'il ne parle pas beaucoup. J'avais du mal à me concentrer sur les paroles de Katherine : à deux reprises, elle m'a demandé si ça allait. Je n'avais qu'une chose en tête : Dan, et ses fascinants yeux bleus. Toute la journée, je n'ai pensé qu'à lui. Rosa-Leigh m'a envoyé par e-mail un poème de E. E. Cummings – qui paraît fâché avec la ponctuation et les majuscules. Je ne sais trop quoi penser de ceux qui refusent les majuscules. Je suis peut-être bizarre, mais j'aime que les phrases soient bien nettes. Pour rien au monde je n'avouerai ça à qui que ce soit, au lycée. N'empêche que c'est la vérité. Toujours est-il que j'ai lu le poème, et je vous JURE qu'il parle de Dan et moi. En voici la fin :

... mais
plus que tout je voudrais

(presque quand l'immensité se refermera
en silence) presque,
ton baiser

Il m'a fallu le lire plus d'une fois. C'est si juste, cette histoire d'immensité qui se referme en silence. Quand Dan m'a embrassée j'ai cessé, pour la première fois depuis un temps fou, de penser à Emily. Je devrais avoir mauvaise conscience, je sais. Mais il n'en est rien.

Dimanche 16 avril

Je me suis levée pour le petit déjeuner. Maman avait disposé plein d'œufs en chocolat sur la table, et préparé des œufs brouillés au bacon. Elle m'a souri. Je l'ai à peine regardée. Je me suis fait une tasse de thé.

– Joyeuses Pâques ! m'a-t-elle lancé quand je me suis assise. Je n'ai pas répondu.

– Il faut qu'on parle, Sophie, a-t-elle dit.

Impossible. Pas question de lui parler. La rage m'a envahie. J'étais comme un ballon gonflé à l'hélium sur le point d'exploser. Qu'est-ce qui cloche chez moi ? Pourquoi ne puis-je partager un bon petit déjeuner avec maman ? Je me suis levée, suis sortie de la pièce. Je ne voulais pas qu'elle me voie fondre en larmes. Elle m'a rappelée, mais j'ai claqué la porte de ma chambre et je me suis assise en m'appuyant dessus, pour qu'elle ne puisse pas entrer. Elle a quand même essayé, en vain, et a donné deux grands coups sur la porte. Puis elle a dit :

– Je t'aime. Tu le sais, n'est-ce pas ?

Je n'ai rien répliqué.

– Qu'est-ce que je dois faire ? a-t-elle demandé.

Je ne suis pas censée connaître la réponse à cette question. C'est elle qui devrait savoir. Mais elle ne le sait pas parce qu'elle n'a ni repris le boulot, ni remis de l'ordre dans sa vie, ni quoi que ce soit. J'ai saisi mon iPod, me suis fourré les écouteurs dans les oreilles, et j'ai réglé le volume à fond.

Mardi 18 avril

Dan n'a pas appelé. Et j'ai oublié d'aller voir Lynda aujourd'hui. Quand j'ai réalisé, Rosa-Leigh et moi étions en route pour aller faire les magasins. J'avais cette impression d'avoir zappé un truc, sans parvenir à mettre le doigt sur ce que c'était. Et alors, j'ai eu la sensation qu'un navire sombrait dans mon ventre. Rosa-Leigh m'a demandé si ça allait. Je ne lui ai pas dit où j'étais censée être. Je me suis contentée de parler d'autre chose, ce qui n'était pas facile vu que je faisais une fixation sur Dan, et maintenant sur Lynda. Celle-ci devait se demander où j'étais. Non que nous ayons beaucoup à nous dire. Je ne lui ai vraiment pas raconté grand-chose. Je n'ai pas mentionné les attaques de panique, ou le passé. Mais nous continuons à faire comme si.

165

J'aimerais avoir des nouvelles de DAN. J'ignore si je devrais lui envoyer un e-mail, l'appeler sur son portable, ou attendre que lui m'appelle. Peut-être ce baiser ne signifie-t-il rien à ses yeux. Mais cette façon qu'il a eue de me regarder. JE JURERAIS QUE J'AI VU CLAIR EN LUI. Je jurerais que son regard me signifiait que l'épisode Abigail était une erreur, que c'était avec moi qu'il voulait sortir. Ce serait tellement génial d'être avec lui. Il est si mignon, si gentil, et il embrasse si bien. Je n'en reviens pas, de l'aimer autant. Pourvu qu'il m'appelle !

Aujourd'hui, j'ai entendu maman fredonner dans le couloir. J'ai passé la tête par la porte de ma chambre. Elle s'est interrompue, l'air coupable. Mais alors elle a souri, avec une expression de fatigue et de lassitude sur le visage, et s'est remise à chantonner. J'ai souri à mon tour. Un sourire bref.

Mercredi 19 avril

Maman vient de sortir de ma chambre. À ce qu'il semble, Lynda l'a appelée au sujet du rendez-vous manqué. Il faut que j'aille la voir demain. Lynda ne prend-elle donc pas de VACANCES à Pâques ?

– Pourquoi ne pas y être allée ? a demandé maman.

J'ai haussé les épaules.

Maman a poussé un soupir.

– Sophie, a-t-elle insisté d'une voix douce.

166

– Quoi ?

– Il faut que tu me parles.

– J'ai oublié d'y aller, OK ? Il n'y a rien d'autre à dire.

– Et sur les rapports qu'on a toutes les deux ? Pourquoi tu n'as pas pu prendre le petit déjeuner de Pâques avec moi ? On doit discuter de ça.

– Je n'ai pas envie de discuter. Je n'ai pas envie de penser. Je n'ai pas envie de me souvenir.

– Je sais, ma chérie.

– Non, tu ne sais pas. Tu ne sais pas parce que tu n'étais pas là. Tu n'as aucune idée de ce que je vois quand je ferme les yeux. Quelquefois quand je suis dans une pièce, à une soirée par exemple, j'imagine les gens en train de se faire piétiner à mort.

Elle a serré les dents comme si elle souffrait pour moi.

– Dis-m'en davantage. Je veux être là pour toi, a-t-elle dit avec douceur.

– Ça m'arrive quand je m'y attends le moins ; ces images s'imposent à mon esprit. Je ne VEUX pas entrer là-dedans. Ça ne s'arrangera jamais, et tu ne peux rien pour moi. Si je n'avais pas refait cette SALETÉ DE LACET, on n'en serait pas là. Tu ne comprends pas que tout est ma faute ?

– Non, ce n'est pas vrai.

– Qu'est-ce que tu en sais ? Tu te comportes comme si tu étais remise, alors que tu n'es toujours pas retournée bosser bien que tu m'aies obligée à reprendre les cours. Je supporte pas ça.

– Je vais reprendre le travail.

– Quand ça ?

– Lundi.

– Pourquoi ne pas me l'avoir dit ?

– Je te le dis maintenant.

Maman a croisé les bras.

– Te parler n'a pas été très facile.

Son ton était calme, compréhensif. Ça n'a fait que m'agacer davantage. J'ai reculé d'un pas.

– *Me* parler n'a pas été facile ? Et *à toi*, tu crois qu'il est facile de parler ?

– Sophie, a-t-elle répété.

– Tu avais toujours du temps à lui accorder, à elle. À moi, jamais. C'est parce que vous étiez pareilles... Elle était comme toi. Je suis différente, je suis maladroite, et je n'ai rien à voir avec elle. Tu ne veux pas me consacrer de temps. Tu veux seulement la récupérer, elle.

– Ne nous hurlons pas dessus, a-t-elle dit d'un ton calme. Il faut qu'on arrive à dialoguer.

– Tu n'es pas ma débile de psy, et tu n'as AUCUNE IDÉE DE CE QUE TU RACONTES.

– Je suis désolée de ne pas t'avoir informée que j'allais reprendre le travail. Il y a un bout de temps que mon congé maladie est arrivé à échéance, et je ne tiens pas à épuiser l'assurance-vie de ton père pour nous maintenir à flot. Cet argent t'est destiné.

Elle parlait lentement, d'une voix paisible.

– Ça m'est égal, que tu reprennes le travail.

– Et je refuse que tu te compares à elle.

– Tu n'es même pas capable de dire son nom ! ai-je sifflé avant de me diriger vers la porte de ma chambre. Je sors.

– Il faut qu'on parle, a-t-elle insisté.

– Arrête avec les conneries du style « Faut qu'on arrive à dialoguer ! » et fiche-moi la paix !

Je me suis précipitée hors de ma chambre, j'ai dévalé les escaliers et franchi la porte d'entrée avant qu'elle ait pu ajouter quoi que ce soit.

J'ai marché jusqu'à la rue principale, où vrombissaient les voitures, faisant retentir leurs klaxons. Un groupe a surgi d'un café dans l'obscurité du crépuscule. La lumière orangée s'est répandue dans la rue. J'ai imaginé un feu immense jetant des flammes par la porte ouverte, les gens prenant la fuite – les hommes toussant et bavant de peur, les femmes avec des yeux écarquillés de poissons morts, tâtonnant dans l'air enfumé. Le hurlement des ambulances. Je me suis adossée à un mur et j'ai aspiré plusieurs longues bouffées d'air.

Maman reprend le travail. Elle est guérie. Alors que j'aurais dû m'en réjouir, la rage montait en moi comme la lave dans un cratère. C'est une excellente décoratrice – notre maison en est la preuve. Tout le monde s'extasiait sur la beauté de notre intérieur. Par « tout le monde », j'entends les amis de la famille.

Amis qui, depuis, ont cessé de nous rendre visite. Non qu'ils n'aient pas essayé depuis l'enterrement.

Jeudi 20 avril

Lynda est très mécontente que j'aie raté la dernière séance. Du moins, c'est l'impression que j'ai eue quand je me suis pointée au nouveau rendez-vous. J'ai ignoré ses questions interminables, du style comment j'allais, ou si j'étais sûre d'aller bien.

Aujourd'hui, elle voulait me parler de papa. Je n'avais pas grand-chose à lui dire sur lui. J'étais si petite quand il est mort. Au lieu de quoi, je me suis mise à penser à Mark Haywood. Je me suis souvenue d'un soir où Mark avait trop bu et décidé d'aller se baigner dans un lac situé près de leur maison. Il faisait nuit. Maman et Katherine lui répétaient d'arrêter ses idioties, que c'était un coup à mourir de froid. Mark avait traversé le lac de part en part. À son retour, il grelottait mais il était PLEIN DE VIE. Pas mort, bien au contraire.

Mark continue d'aller DE MIEUX EN MIEUX, bien qu'il soit apparemment très secoué. Les adultes utilisent beaucoup ce mot, « secoué ». Ça ne me paraît pas bien décrire ce que l'on ressent après un drame. On est « secoué » quand on vient de faire un tour de montagnes russes, et qu'on est encore tout vibrant, tout agité. Mark était « secoué » quand il a traversé le lac ce

170

soir-là, j'en suis sûre. Je le lisais dans ses yeux : la joie, l'excitation... Quand une catastrophe vous tombe dessus, ça vous engourdit, ça vous coupe de la réalité. Vous avez le sentiment d'être mort intérieurement. Pas « secoué » du tout.

J'ai fait la sieste et rêvé que des mains immenses déchiraient méticuleusement une photo de maman, Emily et moi. Un rêve glaçant. Je me suis levée en sueur et me suis dirigée, sur la pointe des pieds, vers la pièce où maman garde sa collection. J'ai ouvert la porte. Il y avait encore plus de choses que la dernière fois, mais ce n'est pas ça qui m'intéressait. Je cherchais les photos. J'ai trouvé nos extraits de naissance dans son bureau, ainsi que nos passeports et divers documents. La photo d'Emily, sur son passeport, m'a émue aux larmes. J'ai essayé de me rappeler où maman range les albums photos.

J'ai fourragé sur les étagères. Je n'étais plus ni calme ni triste. J'étais plutôt confuse et angoissée. Je haletais. Je ne savais pas trop ce que j'espérais trouver. À croire que je devenais folle. J'ai balancé par terre quantité de gants, d'écharpes et un beau collier en or orné d'une pierre rouge entourée de pétales d'argent. J'ai fouillé dans une pile de papiers qui se sont avérés être les lettres trouvées par maman au fil des ans.

En dessous, il y avait un album rempli de photos d'Emily et moi. Je me suis mise à pleurer. J'ai quitté la pièce en emportant l'album, me suis précipitée dans la salle de bains et, par la fenêtre, je me suis hissée sur le toit. J'ai regardé les photos jusqu'à ce que mon cœur me fasse l'effet d'une pomme écrasée.

À la fin de l'album, un cliché de nous devant la maison où nous vivions quand j'étais toute petite. Je l'ai touché. Maman se tient au milieu avec moi dans les bras, Emily à sa gauche. Ma sœur porte des bottes en plastique rouge et agite la main en direction de l'appareil. Je me demande si c'est papa qui a pris la photo – j'avais deux ans lorsqu'il est mort, et sur la photo je ne suis encore qu'un bébé. Je souris à maman. J'ai retourné la photo. Au verso il est écrit *18 Bowood Road* de la main de maman.

Soudain, j'ai eu le sentiment de comprendre pourquoi elle collectionne les objets perdus. Et j'ai eu envie de me rendre dans notre ancienne maison de Bowood Road. C'est tout ce que je désirais : remonter le temps. Retrouver les moments où tout allait bien, avant que *cela* n'arrive.

Ça me réconforte, d'être assise sur le toit. Ça me permet d'observer le monde d'en haut, de respirer un peu. J'ai caressé la joue d'Emily, sur la photo. Ce qu'elle était heureuse !

Je me suis remémoré un matin, au cours de l'été dernier. Ça paraît très lointain, et j'en garde pourtant un souvenir précis. Je m'étais réveillée très tôt. *Emily est à la maison jusqu'à la fin de l'été.* Cette pensée m'a traversé l'esprit. J'ai bondi hors de mon lit, suis allée dans sa chambre. Elle n'y était pas. Je suis descendue à la cuisine. Assise à table, elle prenait son petit déjeuner.

– Salut, ai-je dit. Tu as bien dormi ?

– Oui.

Elle lisait le journal, n'a pas levé les yeux.

– Où est maman ? ai-je demandé.

– Elle est déjà partie bosser. Une cliente avait besoin qu'elle lui redécore sa maison d'urgence.

Elle a replié son journal.

– Alors sœurette, ça te plairait qu'on fasse un truc ensemble aujourd'hui ?

– Bien sûr. Quoi ?

– Il y a une expo que j'ai envie de voir à la National Gallery.

– C'est où ?

– C'est juste à côté de la National Portrait Gallery.

J'ai dû rester sans réaction, car elle a levé les yeux au ciel.

– À Trafalgar Square. On va y aller en métro.

J'ai hoché la tête.

– C'est quoi, l'exposition ?

Elle m'a passé un dépliant avec tous les détails, s'est levée et s'est dirigée vers le plan de travail.

– Du café ? m'a-t-elle demandé.

– Depuis quand tu bois du café ?

– Depuis toujours.

– Je vais prendre du thé.

J'ai parcouru le prospectus, avant de jeter un coup d'œil au journal. Emily s'est rassise avec son café.

– J'étais en train de le lire, a-t-elle fait remarquer.

– Et mon thé ? ai-je dit.

Elle a porté la main à sa bouche, affectant la surprise.

– Désolée, a-t-elle rétorqué d'un ton ironique.

– Quand je pense que j'avais hâte que tu rentres à la maison !

– Ne le prends pas comme ça, Sophie. Je suis désolée. J'ai eu la flemme de faire du thé. Tu ne veux pas du café ? Il est prêt.

Elle m'a donné sa tasse.

– Non merci, ai-je répliqué en repoussant la tasse.

Je me suis levée et me suis préparé du thé et du pain grillé au beurre de cacahuète. Emily m'a parlé de son petit copain. Il se trouve que je ne l'avais jamais vu. Il faisait chaud dans la cuisine. Par la fenêtre, le soleil déversait ses rayons sur la pièce, illuminant la table, donnant au décor un aspect céleste. Je l'ai dit à Emily. Elle a éclaté de rire, a déclaré que mon imagination était en surrégime, et que j'avais intérêt à sortir davantage. Elle a bondi hors de sa chaise.

– Viens ! a-t-elle dit. Faut qu'on y aille.

– Il est encore super tôt.

– Ah, ces ados !

– Toi aussi, t'es encore une ado.

– Plus pour longtemps. Allez, dépêche-toi !

Je n'ai pas répondu. Au lieu de ça, j'ai lu la quatrième de couverture du roman que je venais d'emprunter à la bibliothèque. Une histoire de famille, à travers trois générations de femmes, tout en drames et rebondissements – le genre de lecture que je préfère pendant les vacances d'été.

Bouledepoil est entrée dans la cuisine et a rôdé autour de son écuelle. Emily s'est levée pour lui verser ses croquettes. Le chat dansait d'impatience autour de la soucoupe. Le portable d'Emily a sonné, elle a décroché. Tout en discutant avec Dieu sait qui, elle m'a désigné sa montre. J'ai donné à manger à Bouledepoil, qui a mâchouillé avec bonheur. Je me suis demandé si c'était avec son petit copain qu'Emily était en train de parler. J'ai mis les assiettes dans le lave-vaisselle et essuyé les miettes sur le plan de travail. Emily laissait toujours un désordre terrible derrière elle : des vêtements dispersés un peu partout et, aux quatre coins de la maison, de la peinture et des bouts de tissu.

J'ai pris une douche et j'ai enfilé un jean, avec l'un de ses chemisiers. Elle m'a jeté un regard noir en voyant le chemisier, mais s'est gardée de toute remarque. Elle portait une jupe extra et des couches et des couches de chemises et de pulls. Habillée comme ça, j'aurais eu l'air de vouloir paraître branchée à tout prix. À elle, ce côté fantaisiste allait à merveille. Elle s'était maquillé les joues.

– Tu es prête, à la fin ?

Nous avons marché jusqu'au métro. Elle fumait. Un autre truc auquel elle s'est mise aux Beaux-Arts. Elle m'a parlé d'un autre projet à elle, qui avait à voir avec les gants perdus. Ça m'a fait penser à la collection de maman, mais je n'en ai rien dit. Je me suis contentée d'écouter, d'acquiescer et d'admirer ses beaux cheveux blonds tandis que nous patientions ensemble sur le quai. À King's Cross, nous avons changé pour prendre la ligne de Piccadilly. Les couloirs grouillaient de monde. On a couru pour choper un métro. Emily est montée. Le lacet d'une de mes baskets était défait. J'ai trébuché. Voulant m'aider, elle a sauté sur le quai. Les portes se sont refermées avant qu'on ait eu le temps de remonter. Le métro suivant passerait dans deux minutes. *Peu importe que nous ayons loupé celui-ci,* songeais-je.

La pire erreur qu'ait jamais faite Emily a été d'attendre que j'aie noué mon lacet. Si elle ne m'avait pas attendue, nous n'aurions pas pris le même métro. Si elle m'avait obligée à monter dans le premier et à laisser mon lacet tranquille, ça aurait tout changé. Et si Mark n'était pas allé jouer au squash, peut-être profiterait-il aujourd'hui de sa journée avec Katherine sans savoir qu'il avait une bombe à retardement en guise de cœur.

Vendredi 21 avril

Ça s'est rafraîchi, alors que la température est censée monter. Assise devant la station King's Cross, je ne sais pas quoi faire. Je regrette de ne pas avoir pris un autre pull et une paire de gants.

J'ai quitté la maison très tôt ce matin, avant que

maman ne soit levée. Pour aller à Bowood Road. C'était comme un mantra. *18 Bowood Road. 18 Bowood Road. 18 Bowood Road.* Ça se trouvait vers Elephant & Castle, mais je ne savais pas où précisément. Je me suis dit qu'en y allant je finirais bien par tomber dessus. Je suis donc allée à pied jusqu'à la station de King's Cross, mais je suis restée coincée à l'extérieur. Depuis mon arrivée ici, des centaines de gens sont passés, et nul ne semble me voir. Je respire un air âcre. Les gens se pressent devant moi, les yeux baissés.

J'ai observé un homme en costume. J'ai imaginé du sang sur sa joue, une ligne brisée, comme laissée par un marqueur rouge. Il a piqué droit sur l'entrée du métro. Je me suis demandé s'il réalisait que seul le hasard avait voulu qu'il ne se trouve pas dans ce métro-là. Ça lui était déjà sorti de la tête, dès le lendemain sans doute. Il avait repris sa vie normale, retrouvé son bureau, sa femme ou sa petite amie. Tout à coup, j'ai haï cet homme. Mais il avait déjà disparu dans la foule et je ne me souciais plus de lui. Ni de personne.

J'ai regardé les gens se ruer vers la station. J'avais envie d'agiter grand les bras et de leur hurler de ne pas y aller. De ne pas aller dans le métro !

Je ne suis pas parvenue à entrer dans la station. Il m'était impossible de prendre le métro. Rien que d'y penser me donnait envie de pleurer. Pour finir, je me suis acheté un plan de Londres, de façon à pouvoir situer Bowood Road. Si je chopais un bus, il me faudrait ensuite effectuer un trajet à pied qui me ferait longer l'hôpital Saint-Thomas, où je suis née. J'ai donc opté pour ce moyen. J'ai pris le bus, puis j'ai marché VRAI-MENT LONGTEMPS. Je n'avais pas idée que Londres était aussi grand. Ou si désert. Enfin, je savais que Londres était grand, mais ne l'avais encore jamais *ressenti*.

Arrivée à l'hôpital Saint-Thomas, j'ai regardé les fenêtres grises et rectangulaires, en essayant de m'imaginer bébé. Avait-on emmené Emily me rendre visite ? Sans doute. J'ai tenté de donner un peu de vie au bâtiment en le parant de mes souvenirs – sauf que je n'en avais pas. J'avais accordé trop d'importance à ce lieu. Plantée là, j'ai réalisé que des milliers de bébés avaient vu le jour derrière ces fenêtres, que d'autres y naissaient probablement à l'instant même. Je n'étais pas exceptionnelle ou Dieu sait quoi d'autre. Rien ne me distinguait d'eux.

Je me suis dirigée vers le sud. Partout dans les rues, des pubs et des boutiques, des gens occupés à vivre leurs vies, des autobus passant sans s'arrêter, des coups de klaxon, le vacarme et l'agitation de Londres.

J'ai marché, marché.

Et j'ai atteint mon but.

Bowood Road est une rue étroite, bordée de rangées de maisons identiques. J'espérais me rappeler quelque chose, n'importe quel détail. Or, sans la photographie, je n'aurais pas reconnu notre ancienne maison. Un beau soleil brillait, il faisait doux. Je me suis assise sur un muret en face du 18 Bowood Road. À seize heures environ, un garçon s'est approché du numéro 20, est entré dans la maison. Dix minutes plus tard, il en a ressurgi, bondissant comme un jeune chien. Il m'a adressé un rapide sourire, et a filé. Il paraissait mon âge. Un blondinet avec un sourire gentil. Ce garçon blond aurait pu être mon ami si papa n'était pas mort et si nous n'avions pas quitté Bowood Road. Nous aurions passé le temps à traîner l'un chez l'autre. Je parie que nous jouions ensemble quand nous étions bébés.

Je me suis éloignée. J'avais les mains qui tremblaient.

Je marchais, en mode pilote automatique. Au bout d'un long moment, j'ai réalisé que j'avais faim. Je suis entrée dans un pub, pensant y trouver de quoi manger. Mais j'ai battu en retraite quand j'ai vu que tout le monde buvait, jouait aux fléchettes et au billard.

À côté, sur un bâtiment miteux, le prénom Emily se détachait, en lettres de néon rouges. Son prénom. Un restaurant. L'intérieur était sombre et désert. Ça empestait le hamburger et la vieille huile de friture. En arrière-fond sonore, un tube d'autrefois. Une femme portant d'épaisses lunettes à verres jaunes se tenait près de la porte, essuyant l'une des tables. Mince, le nez crochu, elle faisait penser à un héron affamé. Elle avait des gestes très rapides.

Ralentissant à peine la cadence, elle a demandé :

– Je peux vous aider ?

À son accent, je me suis demandé si elle était écossaise.

– Il faut que je mange quelque chose.

– Très bien.

Elle m'a dévisagée et nous sommes restées un moment sans rien dire. J'avais l'impression qu'elle me jaugeait. Il me semblait voir ses pupilles s'assombrir tandis qu'elle me scrutait.

– Ça va ? a-t-elle dit d'une voix douce.

– J'ai faim, c'est tout.

– Je sais ce que c'est.

Elle s'est penchée, m'a gentiment tapoté l'épaule. Puis m'a conduite à une table, au fond du restaurant.

J'ai jeté un coup d'œil au menu.

– Je vais prendre un poulet-frites, s'il vous plaît.

– Avec du ketchup ?

J'ai hoché la tête.

– Et un Coca.

J'ai regardé les clichés de célébrités sur le mur. Mon poulet est arrivé. J'ai dévoré le contenu de l'assiette bien remplie. Je suis allée à la caisse décorée de guirlandes lumineuses, et j'ai réglé l'addition avec un billet déchiré.

– J'espère que tu te sens mieux, a fait remarquer la femme. Je m'appelle Emily. C'est mon restaurant. Reviens quand tu veux.

J'avais envie de lui dire que c'était aussi le prénom de ma sœur, que son restaurant s'appelait comme elle.

180

J'avais envie de lui dire que j'avais peur de prendre le métro pour rentrer chez moi. Mais comme c'était une inconnue, j'ai gardé le silence.

Je suis sortie. C'était déjà le soir. J'ai appelé maman et je lui ai menti, prétendant que j'étais encore en train de traîner avec Rosa-Leigh. Elle a soupiré :

– Le dîner est prêt.

– Désolée, ai-je bafouillé avant de raccrocher et de me mettre en route.

Il m'a fallu marcher longtemps, dans des rues désertes. Pour finir, j'étais tellement fatiguée que j'ai dû prendre un autobus, puis un autre. Je suis arrivée tard à la maison. Maman avait fait un ragoût de poulet. Elle avait mis mon assiette dans le frigo et était allée se coucher. Je n'ai pas mangé. Je n'avais pas faim.

Samedi 22 avril

Cet après-midi, depuis l'endroit où je me fais bronzer sur le toit de la maison, j'ai vu maman remonter la rue. Elle souriait en parlant dans son portable. Dans son autre main, un sac de courses. Elle n'a pas remarqué que je l'observais. Les larmes ont coulé sur mes joues. La tristesse me rend folle. Si seulement je n'étais pas montée dans ce fichu métro ! Si seulement j'avais mieux noué mes lacets ! Je me suis renversée en arrière et j'ai fixé le ciel immense et vide, comme s'il pouvait apporter la réponse à mes questions.

Dimanche 23 avril

Je me suis réveillée d'un rêve où j'embrassais Dan. J'ai essayé de me rappeler son baiser et, au souvenir de ses lèvres et de ses mains sur moi, j'ai eu des papillons dans le ventre. Pour m'obliger à ne plus penser à lui – vu qu'il ne m'a pas appelée – je me suis concentrée sur les posters collés aux murs, des images de la Grèce, avec ses maisons bleu et blanc. J'ai relu les citations de mes livres préférés, griffonnées à la craie sur mon tableau noir. J'ai regardé, par la fenêtre encadrée de rideaux de soie bleue, le poteau téléphonique où se regroupent parfois les oiseaux.

Dans cette chambre, je me sens à mille lieues de la fille qui embrassait Dan à la soirée. Tout me paraît différent – y compris moi-même. J'ignore qui je suis, et comment m'adapter à un monde que je ne comprends pas.

J'irais bien refaire un tour à Bowood Road, histoire de revoir notre ancienne maison. J'avais la belle vie, alors. Peut-être vais-je y retourner maintenant, pour passer le temps, qui s'écoule si lentement.

Ça a été l'horreur sur toute la ligne. Un vrai cauchemar. Je ne saisis même pas ce qui s'est produit. J'ai honte. Ma virée avait pourtant bien commencé. J'ai quitté la maison sous un beau soleil et chopé un bus pour Westminster. Il faisait une chaleur surprenante. Je suais tout en marchant et j'avais la gorge irritée à force de respirer cet air tiède et sale. Le centre de Londres est si encombré et pollué.

Westminster est plein de beaux édifices. Je ne pensais pas m'intéresser à ces choses-là mais les bâtiments du Parlement sont si parfaits, si frappants, que j'ai l'impression de ne les avoir jamais réellement regardés. Il nous est arrivé de les dépasser en voiture, mais je ne me suis encore jamais plantée devant comme aujourd'hui. J'en ferais un croquis si je savais dessiner. Quand je tente de décrire la couleur de la pierre, la forme des flèches, le sentiment du temps écoulé et de l'histoire, les mots refusent de se laisser coucher sur le papier. Dommage. Ce matin, Big Ben a émergé du brouillard et, en dépit de la circulation et du vacarme, je jure que je sentais le poids du passé.

Devant le Parlement, un petit groupe d'individus protestait contre la guerre en Irak. Cette guerre me paraît absurde. Rien que d'y penser, ça me met mal à l'aise. Certains prétendent que la guerre va arranger les choses. Pour qui ? Pas pour moi. Tant de personnes assassinées... Et au nom de quoi ? De la religion ? Ça semble inconcevable. Les gens sont en colère, les gens sont perdus, les gens ont peur, mais pas à cause de la religion.

La famille de Dan est musulmane, j'imagine. Je

n'en suis pas sûre. Kalila est musulmane, aucun doute là-dessus. Megan est chrétienne, même s'il lui arrive de se montrer très mauvaise chrétienne ! Je ne crois pas être quoi que ce soit, bien que maman se rende de temps en temps à l'église et que j'y sois allée moi aussi plusieurs fois. Je ne suis pas toujours certaine de croire en Dieu. Rosa-Leigh dit qu'un jour elle se convertira au bouddhisme. Au bout du compte, nous ne différons pas beaucoup les uns des autres.

J'arrivais au 18 Bowood Road quand une fille paraissant au moins deux ans de plus que moi a sorti sa poubelle. Après l'avoir balancée dans un bac à ordures, elle est retournée dans la maison. Emily ne sortait *jamais* les poubelles. Jamais. J'avais envie de suivre la fille à l'intérieur. De voir la maison où j'avais grandi, où j'avais vécu du temps où la famille était au complet.

C'est pourquoi j'ai eu l'idée stupide de frapper à la porte.

J'ai d'abord poussé la grille. Le soleil dessinait des zébrures sur l'allée. J'ai toqué à la porte d'entrée. Comme si elle était restée postée de l'autre côté, la fille à la poubelle l'a ouverte. Elle a froncé les sourcils. Avait le visage fermé.

– Quoi ? a-t-elle demandé.

– Je... (Soudain, je ne trouvais rien à dire.) J'aimerais...

Sans me laisser le temps de finir ma phrase, la fille s'est détournée.

– Maman, a-t-elle lancé par-dessus son épaule.

Elle s'est retournée vers moi. Sauf qu'elle ne me regardait pas. Elle patientait, tel un passager attendant son métro sur le quai, sans vraiment se concentrer sur quoi que ce soit. Elle se souciait de moi comme d'une guigne, je n'étais qu'une étrangère à ses yeux. Pour récupérer son attention, j'ai dit :

– J'habitais ici autrefois.

À nouveau, elle m'a fixée, de ses yeux aussi noirs que ceux d'Emily.

– Oh, a-t-elle répliqué d'un ton ironique.

J'ai commencé à me sentir totalement débile. Qu'est-ce que ça pouvait faire, que j'aie vécu là ? En quoi tout cela importait-il ? Rien ne pourrait faire revenir Emily. J'ai senti monter une attaque de panique. Un vrai tsunami.

J'ai tendu la main pour ne pas perdre l'équilibre. Je suffoquais. Pas question de succomber à l'angoisse devant cette inconnue. Or, à cette pensée, ma panique redoublait.

– Je suis désolée de vous déranger, ai-je dit. Je désirais simplement...

Elle a agité la tête comme si j'étais une mouche qui lui tournait autour en bourdonnant.

Une femme est apparue dans le couloir. Elle avait le visage émacié, une longue chevelure d'un roux artificiel.

Depuis le seuil, la fille a lancé d'une voix forte :

– Elle habitait ici, maman.

– Je ne sais pas ce qui cloche chez moi, ai-je dit dans un murmure.

– Ça va ? a demandé la femme.

J'ai secoué la tête. Et alors j'ai senti le sol se dérober sous mes pieds. Prise d'une envie de vomir, j'ai porté la main à ma bouche.

– Je ne sais pas ce que je fais ici.

Je les ai regardées et, Dieu sait comment, j'ai perdu l'équilibre et je suis tombée, heurtant violemment le sol.

La femme a bousculé sa fille et s'est penchée sur moi.

– Donne-moi un coup de main, Sally, lui a-t-elle ordonné.

Elle m'a forcée à m'asseoir et demandé de respirer comme elle.

– C'est ça. Lentement.

Elle m'a jeté un regard en biais.

– Je m'appelle Eleanor Summerfield.

J'ai hoché la tête, luttant pour ne pas m'évanouir de nouveau.

– Tu ne veux pas entrer, qu'on s'occupe de toi ?

Sally, sa fille, avait l'air inquiète. En suivant Eleanor dans le petit couloir pour gagner la cuisine, j'ai parcouru des yeux les photos de Sally qui tapissaient les murs. Elle faisait de la danse, apparemment. J'ai essayé de me rappeler à quoi ressemblait la maison quand j'étais gamine. J'ai eu la vision d'une Emily qui riait en trottinant le long du couloir, ayant chaussé les hauts talons de maman.

Sombre et exiguë, la cuisine ne possède qu'une minuscule fenêtre. Je revoyais maman, en train d'y lire le journal. J'ai cru me souvenir de mon père, une vague silhouette... Puis cette image s'est dissipée. La cuisine n'est pas comme je me l'imaginais.

Elle sentait le café. Eleanor m'a entraînée jusqu'à la table en plastique, où elle m'a fait asseoir. J'avais les mains qui tremblaient.

– Je suis désolée.

J'allais ajouter quelque chose mais, ne trouvant rien à dire, je suis restée assise là, à m'efforcer de respirer normalement.

– Je ne reconnais pas la maison, ai-je articulé. Enfin, si, peut-être un peu... Je crois qu'on avait une table ronde et il me semble qu'il y avait un genre de plante par ici.

– Ça doit faire des années que tu as vécu ici. On y habite depuis une éternité.

Eleanor a mis la bouilloire en marche.

– On n'a plus de café. Prépare-nous un thé, Sally.

Elle s'est assise à côté de moi.

– Je pensais me rappeler davantage de choses. Je n'ai que des bribes de souvenirs. Des formes. Rien dont je sois certaine.

– Elle va bien ? a demandé Sally.

– Mets-y beaucoup de sucre. Ça devrait lui faire du bien. Il y a des tasses propres dans le lave-vaisselle.

– C'est quoi, son problème ?

– Je ne sais pas trop.

– J'ai l'impression de devenir folle, ai-je dit.

Des images m'ont traversé l'esprit : une explosion de lumière orange, la fenêtre de la cuisine que j'ai sentie voler en éclats. Je me suis passé la main devant les yeux pour me libérer de ces pensées.

Eleanor est demeurée silencieuse.

Elle avait des rides très marquées autour des yeux. Elle a toussé, se raclant la gorge. Comme je ne parlais pas, elle a demandé :

– Il s'est passé quelque chose ?

Elle était d'une grande douceur.

J'ai respiré un grand coup. Je me remettais peu à peu de mon attaque de panique.

– J'ai vécu ici avec ma mère, mon père et ma sœur.

Eleanor a jeté un coup d'œil à sa fille, puis s'est à nouveau tournée vers moi. Mon cœur s'est serré : comment leur expliquer.

– Il y a eu un accident. Non, ce n'est pas le mot...

Après avoir posé sur la table les trois tasses et la théière, Sally s'est assise en face de moi. Elle m'a souri. J'ai saisi, à son sourire exagéré et à son regard poli, qu'elle pensait que je débloquais.

– Je voulais juste venir ici. Je comprends que ça doit paraître absurde.

J'ai pris ma tasse.

– Je suis désolée.

Eleanor a hoché la tête.

– Tu te sens bien ? a-t-elle demandé.

Elle parlait fort et lentement, comme si elle était au téléphone et voulait se faire comprendre alors que la ligne était mauvaise.

Elle a tendu la main, ma touché le bras.

– Y a-t-il quelqu'un que tu veux qu'on appelle ?

Elle a servi le thé. Dans ma tasse, elle a ajouté deux morceaux de sucre, et elle a remué.

J'ai bu à petites gorgées, m'imprègnant du liquide à la saveur sucrée. J'ai tenté de me remettre les idées en place.

– Maman, il faut que j'aille chez papa, a dit Sally d'une voix calme.

– Demande à Juliette de t'y conduire en voiture, a répondu Eleanor.

Puis, plus doucement, comme si je pouvais ne pas l'entendre :

– Je dois m'occuper un peu d'elle.

– Non ! ai-je protesté. Faut que j'y aille. Je vous dérange.

Je n'en finissais plus de m'excuser.

Eleanor a levé la main, dans un geste qui semblait signifier « Eh ! Attends un peu ! ».

– À plus tard, a dit Sally, avant de filer.

La vision de ma tasse presque pleine me donnait mauvaise conscience.

– Dis-moi qui je dois appeler, a dit Eleanor.

– Il n'y a personne à appeler. Ça ne changera rien.

– Ta mère, par exemple ? Ou une sœur, si tu en as une ?

J'ai secoué la tête. La panique m'avait quittée et voilà que je me sentais vide et embarrassée.

– Je dois partir.

J'étais pleinement, terriblement consciente de ce que ma situation pouvait avoir d'humiliant. Cette femme était une parfaite inconnue.

J'avais mal à la tête. Je me suis frotté les yeux.

– Je suis vraiment désolée. Je comprends plus rien à rien.

Je me suis relevée et j'ai resserré mon manteau autour de moi.

– J'y vais.

– Laisse-moi t'aider.

J'ai eu l'impression qu'une lame s'insinuait dans ma poitrine et séparait l'os de la chair. Je me suis précipitée dans le couloir, sans répondre à la question d'Eleanor – qui m'avait emboîté le pas.

– Tu es sûre que ça va aller ?

J'avais la main sur la poignée de la porte quand elle a dit :

– Reviens t'asseoir. On va appeler quelqu'un.

J'ai menti :

– Non, j'ai une amie qui habite juste à côté. Elle va me ramener chez moi.

Et voilà. La porte du 18 Bowood Road s'est refermée, et j'ai regagné la rue comme si rien ne s'était passé. Il m'a fallu des heures pour parvenir jusque chez moi.

Lundi 24 avril

Fin des vacances de Pâques. J'ai appelé la réception du lycée pour leur dire que j'avais la grippe. La fille de l'accueil a marqué une pause. Puis :

– Sophie Baxter. Tu as été absente deux jours à la fin du trimestre dernier, et tu es de nouveau malade ?

– Ouais, je ne suis vraiment pas bien.

– Il va nous falloir un certificat médical.

Je suis restée silencieuse.

– Baxter, a repris la fille. Ce n'est pas toi qui étais dans le...

J'ai raccroché.

10

Et, et, et...

Je suis montée sur le toit et je suis restée perchée là, les yeux perdus dans le vide. Je ne cessais de m'imaginer que je voyais Emily. Ou que j'entendais sa voix. Sans parvenir à distinguer ses mots.

Je crois que je suis en train de mourir. Je suffoque. Et, bien que je ne veuille pas me souvenir du jour de l'attentat, c'est plus fort que moi. Je me rappelle m'être tenue sur le quai avec Emily. Je peux me remémorer la moindre de mes paroles, la moindre de ses réponses. Lorsque j'ai fini de lacer mon soulier, je lui ai dit :

– Désolée, Emily.

– T'inquiète ! Le prochain sera là dans une minute.

– C'est quoi, déjà, ce qu'on va voir ?

– Une expo à la National Gallery. *Boîtes lumineuses.* Ça te branche ?

– Et après on fait quoi ?

– Je sais pas. Qu'est-ce qui te tenterait ?

Il faisait chaud. La station grouillait de monde. J'ai regardé les autres passagers sur le quai. J'ai repéré un grand mec, un peu plus loin. Il a souri. Le métro est arrivé en vrombissant. Nous sommes montées.

Emily me tenait par le bras lorsque nous nous sommes glissées sur nos sièges, toutes contentes d'avoir trouvé une place assise dans un métro aussi bondé. Puis elle m'a lâchée. En face, dans la vitre sombre, j'ai regardé notre reflet, à Emily et moi. Nous nous ressemblions si peu. Moi, avec mes cheveux foncés et mon teint pâle ; elle, avec ses cheveux blonds, ses yeux sombres.

Le métro est entré dans le tunnel obscur en brimbalant, si bien que nous étions pressées l'une contre l'autre sur nos strapontins.

Emily allait dire quelque chose.

Il y a eu un éclair de lumière orange, une puissante détonation.

J'ai entraperçu son visage, ses yeux écarquillés, sa bouche s'ouvrant dans un cri...

L'explosion a fait voler en éclats notre reflet dans la vitre. Le verre a fusé, formant des jets argentés. J'ai porté les mains à mes yeux. Une force m'a projetée en arrière et ma colonne vertébrale a été secouée tout entière, ma tête est comme rentrée violemment dans mon torse. Mon corps distordu a été projeté dans une cuve d'air brûlant. Frappée et ébranlée de toutes parts, j'ai cru voir une énorme boule de feu s'avancer vers moi – mais sans doute était-ce dû à cette sensation de brûlure dans mes globes oculaires. J'ai heurté le sol et suis restée quelques instants parfaitement immobile. L'air empestait les cheveux brûlés, et pire encore. Quelqu'un hurlait. Moi, peut-être. Mes paumes m'ont paru être en contact avec le sol froissé du wagon mais, dans le noir, je ne distinguais rien. Je me suis efforcée de me lever, mais quelque chose m'écrasait. J'ai tâtonné et repoussé le lourd objet qui m'immobilisait la jambe.

Je suis parvenue à me mettre debout. J'ai toussé et manqué de vomir. L'objet que j'avais écarté était de toute évidence mon siège. Partout, du verre et de la fumée. Quelqu'un a crié :

– Aidez-moi ! Je vous en prie !

J'ai passé les mains sur mon visage. Il était mouillé. Chaud et mouillé. De larmes ou de sang ?

J'avais un bourdonnement dans la tête.

– Emily ! ai-je dit d'une voix rauque, en proie à la panique et au vertige.

Tout n'était que hurlement. Soudain, mon ouïe a été assaillie par quantité d'autres voix. J'ai tendu les mains. Une lueur intermittente a éclairé le wagon. J'ai aperçu Emily. Alors j'ai crié et compris que le cri venait de moi, car il m'a déchiré la gorge en sortant.

Elle gisait non loin de moi, dans la rame réduite à l'état d'épave. Elle avait le cou tordu. Ses bras et ses jambes étaient bizarrement disposés. Je me suis frayé un chemin jusqu'à elle en hurlant son nom. Ses couches de vêtements étaient à moitié arrachées. La peau pâle et maculée de son épaule était exposée. Elle avait les yeux mi-clos.

– Emily, ai-je sangloté. Ça va aller. Ça va aller. Reste avec moi.

Ça puait la sueur, le feu, la peur. Mes mots se sont perdus dans le chaos et la poussière qui nous entouraient.

– Écoute-moi, Emily. Tiens bon. Je vais chercher de l'aide.

Elle a serré ma main. Dans mes oreilles, le bourdonnement redoublait. Emily respirait péniblement.

– Sophie, a-t-elle chuchoté.

– Ne parle pas, ne parle pas. Ne te fatigue pas, on va venir t'aider.

J'ai prié pour que ce soit le cas. Mais je ne voyais rien, hormis la fumée et des silhouettes floues se bousculant les unes les autres dans l'obscurité. Je craignais que nous ne soyons piétinées. Je me suis à nouveau tournée vers Emily. Elle essayait de respirer, haletant en remuant la bouche comme un poisson hors de l'eau.

– J'ai mal, est-elle parvenue à murmurer.

Un souffle saccadé.

Ses yeux se sont révulsés.

Tout s'est arrêté.

J'ai crié son nom. J'ai tenté de la faire respirer en lui soufflant de l'air par la bouche. J'ai tenté de faire repartir son cœur en lui frappant la poitrine. Je l'ai secouée, je l'ai serrée contre moi, j'ai hurlé.

Le grand mec que j'avais repéré sur le quai était près de moi. Sur sa joue, une coupure, ligne brisée comme laissée par un marqueur rouge.

– Il faut qu'on sorte d'ici.

Il m'a regardée avec une telle expression de bonté que j'en ai pleuré.

– Je ne peux pas la laisser, ai-je répliqué.

Il a secoué la tête de manière presque imperceptible, ses yeux toujours rivés aux miens.

– Il faut qu'on sorte d'ici, a-t-il répété. Vous devez me suivre.

Me serrant le poignet comme dans un étau, il m'a entraînée.

Nous sommes sortis de la rame en rampant presque. Une femme avait tellement d'éclats de verre dans les cheveux qu'on aurait dit la Reine des Neiges, version poussiéreuse. Me passant la main dans les cheveux, j'ai réalisé qu'ils étaient également pleins de verre. J'ai vu un homme étendu sur les rails. Je n'aurais su dire s'il bougeait. Me tenant toujours par le poignet, l'homme suivait un type qui portait une veste orange. Nous nous sommes trouvés mêlés à une troupe silencieuse. À l'homme en orange, j'ai crié :

– Ma sœur ! Elle est toujours à l'intérieur. J'ai besoin d'aide ! Je l'ai laissée là-bas !

Une voix a surgi du haut-parleur.

– Pas de panique ! Conservez votre calme !

Puis la voix s'est consumée dans un grésillement.

Un homme prenait des photos avec son portable. Un autre nous a dépassés en courant et en criant qu'il allait mourir. Quelqu'un, à l'avant du cortège l'a saisi et lui a intimé de se ressaisir :

– Il faut que vous vous maîtrisiez !

J'ai continué à marcher. L'homme de grande taille me cramponnait toujours. Nous avons tâtonné dans le tunnel, avant de gravir une volée d'escaliers. À deux reprises, j'ai voulu me dégager et rebrousser chemin, mais on m'a obligée à poursuivre.

Nous avons émergé à la lueur du jour. J'ai cligné des yeux. Les équipes de secours se pressaient autour de nous. Dans des éclairs de lumière bleue sont apparus des douzaines de visages ensanglantés. Il y avait du sang sur la chaussée, à mes pieds. Le ciel était nuageux, des immeubles se dressaient au-dessus de ma tête. Près de moi, se tenait une femme aux joues noires de cendre qu'on eût dit dégoulinantes de mascara. Je me suis frotté la figure et mes doigts ont pris la même couleur sombre.

J'ai aspiré une grande bouffée d'air et passé tout le monde en revue. J'ai trébuché, je me suis figée et j'ai fait volte-face, afin de redescendre.

– Vous ne pouvez pas retourner en bas ! m'a dit un policier.

– Emily, ai-je murmuré.

Je me suis éloignée en vacillant. Une femme m'a entourée de son bras. Je l'ai laissée me diriger et m'aider à monter dans une ambulance. Un journaliste m'a fourré un micro sous le nez, je me suis détournée.

Sans doute me suis-je évanouie car, à mon réveil, je me trouvais dans une salle fortement illuminée. Je me suis efforcée de reprendre mes esprits.

– Qu'est-ce qui s'est passé ? a demandé une voix.

Il m'a fallu un moment pour réaliser que ma mère était penchée sur moi, ses cheveux baignant dans la lueur des néons. Dans un halètement, elle a dit :

– Oh mon Dieu ! Regarde-toi ! Ça va ? Je viens d'arriver. Je n'en reviens pas de t'avoir trouvée.

Elle m'a serrée dans ses bras. Elle sentait le parfum, le shampooing. Je me suis dégagée.

– Je suis où ? (J'ai tenté de me redresser.) C'est quoi, tout ça ?

– Tu vas bien ? J'ai mis un temps fou à arriver. J'étais comme folle. Tu te sens comment ? Où est Emily ?

Elle avait les yeux mouillés de larmes.

– Elle est avec toi ?

J'ai secoué la tête.

– On m'a amenée ici pour trouver... a-t-elle commencé.

Elle a jeté un coup d'œil alentour.

– Où est-elle ?

– Elle était avec moi. Elle était juste à côté de moi.

– Où est-elle, Sophie ? a répété maman.

– Qu'est-ce qui s'est passé ? ai-je demandé.

Un docteur est arrivé, a posé la main sur mon bras.

– Une bombe... Ils ont fait sauter une rame. C'est quoi, ton nom ? Tu as de méchantes contusions, mais rien de cassé. Tu es en état de choc.

J'ai essayé de parler.

Maman m'a serré les doigts. Le docteur lui a souri avec douceur. Elle m'a lâchée. Elle pleurait.

– Elle s'appelle Sophie Marie Baxter, a-t-elle dit. Je suis sa mère. Sa grande sœur était avec elle. Emily Baxter. Elle doit être par ici. Oh mon Dieu !

Le docteur a crié :

– Est-ce qu'on a une Emily Baxter ici ?

– On était ensemble dans le métro, ai-je précisé. C'est ma sœur.

Une infirmière est apparue sur le seuil, a consulté une écritoire à pince, et fait « non » de la tête. Puis elle nous a regardées et a expliqué :

– C'est le chaos total. Il y a eu une autre explosion là en bas – et même plusieurs, à ce qu'il semblerait. Une attaque terroriste. Sans doute un attentat-suicide... On ne sait pas encore. Attendez ici.

– Il faut que je retrouve ma fille. Mon autre fille a disparu. Pourquoi personne ne peut-il me dire ce qui se passe ?

Maman avait le visage ruisselant de larmes, les bras croisés sur la poitrine. Elle a essuyé ses larmes et croisé à nouveau les bras.

– Retrouvez ma fille, je vous en prie.

– J'étais dans la rame, ai-je dit.

Les mots que j'avais à dire refusaient de sortir.

200

– Elle est en état de choc, a fait remarquer le docteur. Des coupures, des hématomes, une diminution temporaire des facultés auditives. Ce n'est pas aussi terrible que ça le paraît. Elle a eu beaucoup de chance.

Un couple est apparu à la porte. Il m'a semblé les avoir déjà vus. Ils ont jeté sur moi un regard plein d'espoir, puis se sont regardés, visiblement effondrés. De toute évidence, ce n'était pas moi qu'ils cherchaient – eux qui n'étaient en fin de compte que de parfaits inconnus.

Maman a répété le nom de ma sœur, s'est éloignée, est revenue. Tel un poulet décapité, elle s'agitait en vain, alors que la vie filait déjà.

– Maman, Emily est toujours là-bas, ai-je fini par dire, avant de perdre à nouveau connaissance.

Jeudi 27 avril

Alors que je m'apprêtais à partir au lycée, maman a voulu me parler.

– Faut que je file. Je suis en retard.

– Sophie, on peut dîner ensemble ce soir ?

Je me suis figée, l'ai fixée. Sous ses yeux, de grands cernes violacés qui ne s'en iront peut-être plus jamais. Elle a souri. Je me suis surprise à lui demander :

– Maman, pourquoi est-ce que tu collectionnes les objets perdus ?

Elle a froncé les sourcils.

– Dans ma collection, ce ne sont pas des objets perdus. Ce sont des objets que j'ai trouvés.

J'ai trouvé sa réponse absurde.

– Je vais être en retard, ai-je dit en me dirigeant vers la porte.

Je l'ai entendu me crier :

– C'est bon, pour le dîner ?

Vendredi 28 avril

Aujourd'hui, je suis rentrée du lycée en marchant lentement, redoutant le retour à la maison. Les yeux rivés sur le sol, je n'ai pas remarqué que quelqu'un s'approchait. Pour finir, je me suis cognée contre Dan ! J'ai rougi, mon ventre s'est noué.

– Sophie, a-t-il dit, baissant la tête afin de me regarder dans les yeux, ce qui m'a fait rougir encore plus.

J'étais consciente d'avoir une sale mine. De plus, je portais l'uniforme du lycée, ce qui était carrément la honte. Je me suis passé la main dans les cheveux.

– Je voulais t'appeler, a-t-il commencé.

– Pour dire quoi ?

– Que j'avais envie de te revoir.

– Tu as mis le temps. Trop longtemps.

– Ça ne signifie pas que je n'ai pas pensé à toi.

Mon cœur a bondi dans ma poitrine.

– Et Abigail, dans tout ça ? Tu sors avec elle.

Il a secoué la tête.

– C'est arrivé comme ça.

Il a mis la main sur ma joue. Ma peau est devenue brûlante.

– J'ai adoré t'embrasser. Ce que c'était bon. Tu es tellement jolie. C'est pour toi que je craque.

Bien que je n'aie pas eu de nouvelles de lui, bien qu'il sorte encore avec Abi, je n'ai pu m'empêcher de lever mon visage vers lui. Il s'est rapproché, ses lèvres ont frôlé les miennes.

– Oh Dan, ai-je dit dans un soupir.

C'était bête, mais il a poussé un gémissement et m'a embrassée de plus belle. Soudain, je ne me souciais plus ni d'Abigail, ni de maman, ni d'Emily, ni de quoi que ce soit. Tout ce que je savais, c'est que j'étais sur un petit nuage.

S'écartant, il m'a demandé :

– Ça te dirait de venir chez moi ? On pourrait boire un verre, passer un moment ensemble ?

J'ai senti le rouge me monter aux joues.

– D'accord, ai-je dit en souriant.

C'est alors que son portable a sonné. Il m'a caressé la joue.

– Je vais répondre, si tu permets.

Il a sorti le mobile de sa poche et s'est détourné.

– Ça va, toi ?

Puis il s'est éloigné, pour que je ne l'entende pas. J'aurais parié que c'était Abi. Je m'en voulais à mort.

Je l'ai regardé. Mon cœur battait à tout rompre, j'avais encore son baiser en bouche. Et pourtant, j'allais quand même le suivre chez lui. Ce serait si bon de tout oublier, de passer quelques heures dans ses bras. Il m'a fait un clin d'œil et a raccroché.

– OK, allons-y, ai-je dit.

– Je suis désolé, Sophie, mon cœur. C'était un ami à moi. Faut que j'y aille. J'avais déjà un truc de prévu. T'embrasser m'a fait tout oublier.

À peine ai-je eu le temps de bafouiller un « Salut » qu'il remontait la rue en vitesse, après m'avoir plaqué un rapide baiser sur les lèvres.

– Je t'appelle ! a-t-il lancé par-dessus son épaule.

Puis il a disparu. Comme s'il n'y avait rien eu entre nous. J'ai ressenti une vive douleur à l'idée qu'il allait retrouver Abigail. Dan ne m'en plaisait pas moins. J'ai touché mes lèvres. Au fond de moi, je savais que l'embrasser ne risquait pas de résoudre mes problèmes. Emily m'aurait dit pareil, j'en étais consciente. Mais j'ai écarté cette pensée.

Mardi 2 mai

En faisant la queue au self, j'ai entendu Abigail dire à Megan :

– Dan n'a toujours pas appelé. Il avait promis de passer me voir vendredi. Je lui ai envoyé un texto pour lui demander où il était, il m'a répondu qu'il avait à faire avec sa mère. Je n'ai pas eu de nouvelles de tout le week-end. Il me manque.

Souriant de toutes ses dents, Megan a adressé à Zara un regard complice, dont le sens m'a échappé. Je déteste Megan. Pire, je m'en suis voulu à mort d'avoir embrassé Dan, et de me réjouir qu'il n'ait pas vu Abi vendredi. Je jubilais à l'idée que s'il m'avait laissée en plan, ce n'était pas pour aller la voir. Il était allé voir sa mère ! (Même si je croyais l'avoir entendu dire qu'il devait retrouver un ami.) Je me suis rappelé comment il s'était penché vers moi pour m'embrasser, son gémissement quand j'avais prononcé son nom... Il me plaît tellement. Depuis quand les choses sont-elles si compliquées ?

À mon grand soulagement, Abi est revenue avec une énorme assiettée de frites et un hamburger. Elle a la peau sur les os, a perdu beaucoup de poids ces derniers temps.

Je me suis attablée avec Megan et Abi. Avec un peu de chance, Rosa-Leigh ne tarderait pas à arriver. Dans la file d'attente du self, les filles se bousculaient. Tout était normal. À part moi. J'avais une sensation étrange, mon pouls s'était ralenti comme sous l'effet de la terreur. Mon cœur cognait dans ma poitrine. Une attaque de panique. Abandonnant mon déjeuner, je me suis précipitée aux toilettes sans dire aux autres où j'allais. Je me suis cachée dans l'une des cabines, dans l'espoir de parvenir à me calmer.

J'ai entendu des filles entrer. La première a lancé :

– Ça te prend combien de temps de le faire ?

C'était Megan, j'aurais reconnu n'importe où sa voix nasillarde.

– Dix secondes, peut-être.

Elle parlait à Abigail.

– OK, tu prends la cabine de droite. Je vais essayer de battre ton record !

J'ignorais de quoi elles parlaient. Alors, je les ai toutes deux entendues entrer dans les toilettes et faire d'affreux bruits de gorge. Elles VOMISSAIENT. C'était répugnant.

Je n'ai pas émis un son.

Au bout d'un moment, elles ont arrêté et sont ressorties des cabines. Les toilettes puaient le vomi.

– Je me sens mieux, a dit Abigail. Je n'en reviens pas d'avoir mangé tout ça.

– Je me suis gavée de chips, a fait remarquer Megan. Il ne m'en reste plus une seule dans le corps.

Un silence, puis elle a ajouté :

– Tu es super belle. Tu sais que Zara y arrive en cinq secondes ?

Le bruissement de l'eau qui coule, puis on a refermé le robinet.

Elles ont quitté les toilettes ensemble. Leurs voix ont cessé de me parvenir au moment où la porte se refermait derrière elles.

Mercredi 3 mai

Comment ai-je pu ne pas remarquer ce qui arrive à Abi ?

206

Vendredi 5 mai

Toute la semaine, je n'ai fait que penser à Abi. Je n'ai même pas vu que ma meilleure amie se rendait malade. Comment ai-je pu être aussi aveugle ? Mon Dieu, c'est la cata totale. Je suis moi-même une cata.

J'ai l'impression d'être dans un état de panique permanent. Abi et moi ne nous adressant quasiment plus la parole, je ne peux la questionner au sujet de ses problèmes. Non que je sache par où commencer. N'empêche que je suis désolée pour elle. Et pour moi. Je ne sais pas quoi faire.

Lundi 8 mai

Aujourd'hui, j'ai dû aller voir Lynda. À peine assise, je me suis, comme toujours, sentie tendue.

– Je peux te conseiller une autre psy, si tu penses que ça te conviendra mieux. Elle est très forte. Peut-être qu'avec elle tu auras envie de parler.

– Vous me lâchez ? ai-je demandé.

– Non, tu peux continuer à venir si tu le souhaites. Tu seras toujours la bienvenue ici. C'est seulement que je ne suis pas sûre de t'apporter l'aide dont tu as besoin.

Je me suis penchée sur ce qu'elle venait de dire. J'ai songé que j'étais vraiment dans un sale état.

– Chaque chose en son temps. C'est à toi de décider. À ton avis, quelle est la meilleure solution ?

Elle m'a fait son sourire de chiot suppliant. Celui qui m'agace tellement. Soudain, j'ai réalisé qu'elle n'y était pour rien.

– Je suis désolée de ne pas avoir réussi à vous parler. Je ne sais pas pourquoi.

– Ne t'inquiète pas. Qu'est-ce que tu veux faire ?

– J'aimerais voir l'autre psychologue. Ne le prenez pas mal. J'ai besoin de reprendre les choses de zéro. Avec quelqu'un d'autre.

Elle a hoché la tête.

– Écrire m'a fait du bien, cela dit. Merci de m'avoir donné ce cahier.

Elle a souri. Il n'y avait rien à ajouter.

Mercredi 10 mai

Comme j'ai une montagne de devoirs, je n'ai pas eu le temps d'écrire quoi que ce soit. Abi a toujours une mine épouvantable. Dan ne m'a pas appelée. J'évite maman. Et j'ai tellement à faire. En plus, je dors mal. Même si ce n'est pas nouveau.

Dimanche 14 mai

Je me suis remise à mon poème. J'ai réfléchi aux derniers vers.

> *Les branches dénudées*
> *Se dressent avec rudesse*
> *Avec des bagues aux doigts*
> *Des nœuds dans les cheveux*

> *L'hiver argenté*
> *De pluie enfumé*
> *Les sorcières du soleil*
> *À nouveau volent bas.*

> *Dans une mare de grisaille*
> *Gît l'été dernier*
> *Où rien ne peut nager*
> *Sous mes yeux meurt*
> *Ma sœur.*

Mercredi 17 mai

Mon Dieu, si seulement je pouvais remonter le temps jusqu'à cette soirée où nous étions, Emily et moi, assises sur le toit. J'aimerais tant retrouver ce moment, et ne plus avoir à le quitter. Je voudrais pouvoir le revivre à jamais.

Jeudi 18 mai

À mon retour de l'école, je suis montée à ma chambre et j'ai refermé la porte derrière moi. Je n'ai pas eu le temps de souffler que je me suis retrouvée à genoux, en train de sangloter. C'est alors que j'ai vu Emily. Elle gisait là, sur le sol. Elle suffoquait. Pourquoi cela est-il arrivé ? Dans quel genre de monde peut-on commettre pareil acte ? Pourquoi ma sœur ? Qu'avait-elle fait pour mériter ça ? Pourquoi est-elle morte, et pas moi ?

Et puis, au lieu d'être étendue dans le tunnel, voilà qu'Emily se tenait devant moi, vêtue d'un jean et d'une robe dorée coupée au niveau des cuisses.

– C'est ma robe, ai-je dit.

Elle a secoué la tête.

– Je te la donne, ai-je ajouté.

Et j'ai su qu'elle n'était pas là. Je sais qu'elle n'est pas là. Mais l'espace d'un instant, ça m'a fait du bien.

Ma sœur.

11

Le printemps est chargé de tout ce qui a été

Vendredi 19 mai

Il fallait que je sorte de chez moi ce soir. Alors, j'ai appelé Rosa-Leigh et nous nous sommes donné rendez-vous chez elle. Son père a proposé de nous déposer en voiture à Camden, pour que nous puissions aller à ce truc de poésie – je crois qu'il ne réalise pas que ça se passe dans un café.

– T'étais où ? a-t-elle demandé quand je suis arrivée.

– J'ai attendu le bus un temps fou.

– C'est pas de ça que je parle.

– De quoi tu parles, alors ?

– Au lycée, tu as l'air complètement ailleurs depuis un bout de temps. Depuis Pâques.

– C'est seulement que... je réfléchissais.

Son père nous a conduites à Camden, faisant des blagues pendant le trajet. Rosa-Leigh me jetait des coups d'œil. À peine sommes-nous sorties de la voiture qu'elle m'a saisie par la manche.

– Qu'est-ce qui t'arrive ? Il y a quelque chose que tu ne me dis pas.

Il y avait tant de choses que je gardais pour moi. J'ai lâché la première qui me venait à l'esprit :

– J'ai embrassé Dan.

– Oh mon Dieu ! a-t-elle dit. Et ça va ?

Elle parlait vite, tout en me poussant dans la salle. Je me suis installée sur un des canapés, et j'ai respiré un grand coup. Elle m'a apporté un verre.

– Pourquoi ne m'avoir rien dit ? (Sur son visage ouvert, une expression de surprise.) Il n'y a pas pire que ce mec, Sophie.

– Comment ça ?

– Désolée d'avoir à te l'apprendre, mais Kalila a entendu Zara dire que lui et Megan... enfin... couchent ensemble.

– Dan a couché avec *Megan* ?

J'ai mis la main devant ma bouche. La jalousie m'a retourné l'estomac.

– Pas possible !

N'empêche que c'était logique. Vu qu'il n'avait pas eu de scrupules à embrasser l'ex-meilleure amie d'Abi, pourquoi cela l'aurait-il dérangé de coucher avec Megan, sa nouvelle meilleure amie ? Je me suis demandé si c'était elle qui avait appelé la fois où il m'avait embrassée dans la rue. Et j'ai repensé au regard que Megan avait lancé à Zara dans la file d'attente du self. C'était elle ! Elle qu'il était allé voir ce soir-là, après m'avoir quittée. C'était vrai. Mon Dieu, j'étais tellement engluée dans mes histoires que je n'avais pas réalisé à quel genre de mec j'avais affaire.

– Quoi ? a demandé Rosa-Leigh. Il ne te plaisait pas ?

– Si. Énormément. Je suis une idiote.

– L'idiot, c'est lui. Bon sang, c'est pour ça que tu t'étais terrée ? À cause d'un mec ?

– Abigail est au courant, pour Megan ?

– Je ne crois pas.

Elle a pris une longue gorgée de sa boisson.

– Raconte-moi tout, a-t-elle dit.

– Je ne sais pas par où commencer.

– Ça s'est passé quand ?

– C'était bête. C'était trois fois rien.

Un silence, rompu par Rosa-Leigh :

– C'était à la soirée d'Abigail, pas vrai ?

– Plus ou moins. Ouais.

– Je m'en doutais.

– Et puis une autre fois, je l'ai croisé en revenant du lycée. Oh mon Dieu. On s'est à nouveau embrassés.

– Non !

Je lui ai souri.

– C'est nul. Vraiment nul.

J'ai repensé au baiser de Dan. Et au contact de ses mains.

– Abigail va bien ? ai-je demandé.

– Aucune idée.

– Abigail a bien assez de soucis en ce moment pour n'avoir pas besoin de s'en rajouter avec lui. Quant à la question que tu m'as posée avant, « Est-ce que c'est à cause de lui que j'étais à côté de la plaque ? », la réponse est non. Ce n'est pas à cause de lui. C'est que j'ai beaucoup pensé à ce qui m'est arrivé l'été dernier. J'ai beaucoup pensé à ma sœur.

Rosa-Leigh a hoché la tête.

– Tu as envie qu'on en parle ?

J'ai secoué la tête.

– Pas encore. C'est ce que j'aimais bien avec Dan. Il me faisait tout oublier.

Rosa-Leigh a acquiescé, et elle a eu la délicatesse de changer de sujet.

– Kalila va venir nous retrouver. C'est la fille la plus cool du monde. (Rosa-Leigh a souri.) Après toi, évidemment.

Kalila est arrivée. Elle portait son foulard, comme à son habitude. Elle était jolie. Bizarre : je n'ai jamais trop discuté avec elle et, depuis l'été dernier, elle me met vraiment mal à l'aise. Non que je lui en veuille – ce serait bête. J'en veux aux gens qui ont agi, à ces hommes pleins de haine. Mais peut-être s'imagine-t-elle que je la crois responsable, du fait qu'elle est musulmane, même si ce serait absurde. Je sais que certaines lui ont cherché des poux dans la tête le trimestre passé, en premier lieu cette idiote de Megan. Quant à moi, je l'ai évitée.

Elle s'est assise.

– Salut, a-t-elle dit.

J'ai encore eu cette impression que j'ai toujours en

sa présence, comme si je n'avais rien à lui dire. Je ne tiens pas non plus à l'embarrasser. J'ai répondu « Salut », et aucun autre mot n'est venu. Je repensais au tunnel, aux vitres volant en éclats. J'avais la bouche sèche. J'ai commencé à avoir la nausée.

– Ça va ? a-t-elle demandé.

J'ai haussé les épaules et respiré profondément.

– Je ne sais pas. Non, oui, ça va. Je suis désolée, Kalila. Il m'arrive de... euh...

Du regard, j'ai supplié Rosa-Leigh de me venir en aide.

– Elle flippe un peu parfois, c'est tout, a-t-elle expliqué.

Kalila a hoché la tête. Et elle a aussitôt embrayé sur le sujet.

– Ça a dû être terrible pour toi. Une des collègues de ma mère se trouvait dans cette rame ce jour-là.

– Vraiment ? Elle va comment ?

Kalila a haussé les épaules.

– Ça va à peu près. Elle a failli ne pas s'en tirer. Tout ça me rend malade. Une telle violence, une telle bêtise. Ça a dû être l'horreur.

Tendant la main, elle a touché la mienne avec douceur.

– Dans la rue, un mec s'est approché de moi et m'a craché dessus. Il m'a traitée de terroriste.

– Mon Dieu, c'est affreux, ai-je dit, en rencontrant son regard noir et bienveillant.

215

– Je comprends que les gens soient en colère, a-t-elle repris. Mais ils devraient en vouloir à ceux qui sont responsables. Aux terroristes, pas aux gens comme moi. Je regrette qu'ils aient l'esprit aussi borné.

J'ai hoché la tête.

– Il y a une telle confusion.

Rosa-Leigh a lancé :

– Ohé les filles, ce n'est pas que je tienne à vous faire parler de choses plus joyeuses mais... quoique si, en fait. (Elle m'a fixée.) J'ai pensé que tu voudrais peut-être lire ce soir.

– Où ça ?

– Ici. J'ai pensé que tu voudrais peut-être lire un de tes poèmes.

J'ai secoué la tête.

– Je ne crois pas, non.

J'ai dit cela plus fort que je ne l'aurais voulu.

Rosa-Leigh a poussé un énorme soupir.

– Ça coûte rien d'essayer.

Alors Kalila m'a interrogée sur les poèmes que j'avais écrits, et ça m'a rendue un peu timide. Puis elle nous a confié combien elle aimait chanter. Sur scène, l'un des poètes s'est lancé. J'avais le cœur lourd, comme si je regrettais de ne pas m'être inscrite sur la liste de ceux qui allaient lire.

Je suis chez Rosa-Leigh. J'ai appelé maman pour lui dire que j'allais y dormir, ainsi que demain samedi.

– Très bien, a dit maman dans un soupir.

Je rentrais chez moi quand un HOMME est sorti de la cuisine. J'ai failli avoir une crise cardiaque. J'allais crier au cambrioleur ou à l'assassin quand maman a lancé, d'une voix forte :

– Qu'est-ce qui te ferait envie, pour le déjeuner ?

À son ton, j'ai compris que ce n'était pas à moi qu'elle s'adressait.

C'était un homme mince, au crâne dégarni. Il avait des lunettes, le visage rond. Il me semblait l'avoir déjà vu, mais où ? Il m'a tendu la main, a dit s'appeler Robin. Je lui ai serré la main, qui a totalement enveloppé la mienne.

– Ça me fait tellement plaisir de te voir, a-t-il dit. On s'est déjà rencontrés.

– Non, ai-je rétorqué.

J'ai aussitôt lâché sa main, comme si elle était brûlante.

– Tu étais toute petite à l'époque. Tu ne peux pas t'en souvenir.

Maman est sortie de la cuisine. Elle a sursauté à ma vue. Puis, s'efforçant de reprendre une expression normale, elle a souri comme si de rien n'était.

– Robin et moi sommes amis depuis des années, a-t-elle annoncé.

Elle a levé les yeux vers lui.

– Qu'est-ce qu'il fait ici ? ai-je rétorqué.

– C'est mon ami, Sophie.

Et il a dormi ici cette nuit ? aurais-je voulu demander.

Comme si elle lisait dans mes pensées, maman a dit :

– Il est venu déjeuner.

Je n'ai pas répondu. Au lieu de quoi, je leur ai tourné le dos.

– Reviens ! a crié maman. Reste déjeuner avec nous, tu veux bien ?

L'ignorant, je suis montée dans ma chambre. Je me suis étendue sur mon lit. Je m'attendais plus ou moins à ce qu'il se passe quelque chose, mais quoi ?

J'ai fini par descendre. Tous deux ont cessé de parler quand j'ai pris place. J'ai vu que maman s'apprêtait à dire quelque chose. Mais Robin lui a jeté un regard qui signifiait « Attends ! ». Avec un soupir, maman s'est servi de la salade. Puis ils ont discuté d'un professeur qu'ils ont eu à la fac – apparemment, ils étaient à la fac ensemble. La conversation semblait plus intéressante sans que je m'en mêle alors je suis restée là à triturer mes spaghettis avec ma fourchette. J'ai remarqué que, sur la table, un peu d'huile d'olive s'était répandue. Depuis quand maman s'était-elle remise à cuisiner ? J'ai réalisé qu'elle avait recommencé à me faire à manger depuis quelque temps. Simplement, je ne prenais pas mes repas avec elle. Alors, maman a dit :

– Robin avait hâte de te rencontrer.

Et elle a ajouté, Dieu sait pourquoi :

– Il a voyagé partout dans le monde.

– C'est vrai, a dit Robin.

– Pourquoi ne pas lui poser des questions à ce sujet ? a demandé maman.

– Ne la brusque pas, a lancé Robin.

– Elle fait ce qu'elle veut, ai-je rétorqué.

– Sophie, je t'en prie...

– Quoi ? Tu t'attendais à quoi ? Tu te comportes comme si tout allait BIEN.

Sur les joues de maman sont apparues des plaques rouges. Elle se cramponnait à la table, les articulations de ses doigts étaient blanches.

– J'ai pas faim, ai-je déclaré, et je me suis levée.

– Sophie, je t'en prie, a-t-elle répété.

J'ai regardé maman.

– Tu voudrais que je dise quoi ?

– Ma chérie... a-t-elle murmuré.

Je sentais que Robin me fixait. Je savais qu'il souhaitait que je me rassoie, et je n'en étais que plus irritée contre lui. Et je m'en voulais à mort d'être une telle garce. Mais impossible de me calmer. Ne trouvant rien d'autre à dire, j'ai lancé :

– J'ai fini de manger. Je vais dans ma chambre.

Maman m'a crié de revenir, qu'on puisse discuter.

J'ai entendu Robin protester :

– Laisse-la tranquille. Donne-lui un peu de temps.

– Elle me déteste, a répliqué maman.

J'avais envie de les tuer tous les deux.

J'ai passé l'après-midi à dormir. À mon réveil, Robin était parti. Je l'ai regretté car, en un sens, il faisait tampon entre maman et moi. Sans lui, nous étions de retour à la case départ. Je voudrais dire à maman que je suis désolée. Je voudrais arranger les choses. Mais en ma présence elle est désormais si nerveuse, et si irritable, que je ne sais pas comment m'y prendre.

Mercredi 24 mai

Le lycée : l'horreur. La maison : pire que ça. Rosa-Leigh m'a appelée pour m'inviter à dîner chez elle demain soir. J'ai dit oui sans hésiter. Maman me traite comme un bibelot fragile : à croire, si elle me lâche, que je vais me briser en morceaux. Je voudrais seulement qu'elle me parle et qu'elle fasse que tout aille bien. Mais chaque fois qu'elle a essayé ces derniers temps, je lui ai hurlé dessus, la réduisant au silence. Peut-être ai-je tout gâché à jamais, surtout avec mon comportement de ce week-end.

Jeudi 25 mai

Super dîner chez Rosa-Leigh. C'est tellement plus simple qu'ici avec maman.

Vendredi 26 mai

Si Emily avait survécu à l'attentat, je me demande si elle n'aurait quand même pas fini par mourir peu après. Comme dans ce film dont j'ai oublié le titre où des gens, qui sont censés mourir dans un accident de montagnes russes, en réchappent. Par la suite, la mort les traque un à un et tous sont tués de manière horrible.

Je m'imagine une grande pièce, pleine de stylos qui inscrivent sur les murs les dates prévues pour notre mort. C'est écrit dans les étoiles. Quand notre jour arrive, tout s'achève.

Je me demande s'il y a quelque chose après la mort – du genre Dieu ou Allah. Peut-être n'y a-t-il rien ? Ne reste-t-il vraiment plus rien d'Emily ? Telle que je me la rappelle, elle est tellement plus que ce « rien ».

Maman vient d'entrer dans ma chambre. Elle m'a dit :

– Je t'aime, Sophie. Ne l'oublie jamais.

J'ai fait semblant de dormir. Elle a éteint la lumière.

Lundi 29 mai

Abigail a l'air vraiment malade. Ce qu'elle est maigre ! Il est tellement évident qu'elle se fait vomir

221

que je n'en reviens pas de ne pas m'en être rendu compte avant. Je n'en reviens pas non plus de n'avoir rien fait depuis le jour où j'ai compris. Je sais qu'il me faudrait faire quelque chose, mais j'ai le sentiment que nous nous trouvons sur les rives opposées d'un fleuve immense, et si large que je ne pourrais nager jusqu'à elle même si je le voulais. À partir de demain et jusqu'à la fin de la semaine, nous sommes en vacances. Pendant cette pause, je vais essayer de réfléchir à la façon dont je pourrais l'aider.

Vendredi 2 juin

Je suis allée consulter ma nouvelle psy, celle avec qui Lynda m'a arrangé un rendez-vous. Grande, mince et noire, elle ne ressemble en rien à Lynda. Elle s'appelle Koreen Sinclair – professeur Koreen Sinclair. Elle m'a tendu la main, que j'ai serrée.

– Bonjour. Installe-toi, a-t-elle dit.

Elle n'est pas agaçante ni complaisante. Et n'a pas, comme Lynda, des yeux de chien battu. Elle a un ton ferme et clair. Elle m'a tout de suite plu.

– Pourquoi ne pas commencer par me dire ce qui t'amène ici ? a-t-elle demandé.

C'est la honte, mais j'ai fondu en larmes. J'ai pleuré comme si l'eau jaillissait d'un tuyau, du plus profond de moi. Puis, après qu'elle m'eut passé un mouchoir en papier, je me suis mise à parler. J'avais à peine balbutié deux trois choses que j'ai senti mon cœur battre à tout rompre.

– Oh mon Dieu, je suis désolée, ai-je dit.

J'étais prise d'une envie de vomir. Je suffoquais.

– J'ai l'impression... de manquer d'air...

Elle m'a regardée comme si j'étais on ne peut plus normale.

– Tu sais ce qu'est une attaque de panique ?

J'ai essayé de parler. Les mots ont mis un moment à sortir :

– J'ai fait une recherche sur Internet, et je me suis demandé si c'était de ça que je souffrais. Mais c'est le genre de chose qui arrive aux... enfin... aux gens faibles.

Elle a secoué la tête.

– Respire un grand coup. Ça va ?

Pour la première fois depuis longtemps, j'ai été sincère :

– Non, ça ne va pas.

– Les attaques de panique ne sont pas un signe de faiblesse. C'est une réponse physique qui se produit au mauvais moment. Tu comprends ?

– Pas vraiment.

– Pense à une décharge d'adrénaline. Si elle survient au bon moment, ça ne te fait pas du tout un effet bizarre.

Sa voix était si calme. C'était comme boire du lait chaud.

– Par exemple ?

223

– Par exemple un petit garçon traverse la route au moment où une voiture passe et il te faut voler à son secours... Le battement de ton cœur s'accélère, les bruits deviennent assourdissants et les couleurs plus vives, et ton système digestif cesse de fonctionner pour que toute ton énergie se concentre sur le fait de sauver l'enfant.

– Mais je n'ai jamais eu à empêcher personne de se faire écraser.

– C'est ce qui rend la chose terrible. Une attaque de panique, c'est une réaction – bonne, en soi – qui surgit au mauvais moment. On reparlera de ça. Il faudra un peu de temps.

J'ai hoché la tête. N'ai rien dit. Ai retenu mon souffle. Mon cœur s'est remis à battre normalement. Elle m'a souri. M'a demandé de revenir la semaine suivante.

En sortant de son cabinet douillet, je n'étais plus tout à fait la même. J'avais l'esprit plus clair.

12

Et elle est toujours là, éclatante, invisible

Dimanche 4 juin

Je suis allée me promener. À mon retour, j'ai trouvé maman et Robin en train de regarder des photos. Je me suis penchée dessus. Sur les clichés, tous deux étaient âgés d'environ dix-neuf ans. Assis sur la moto de Robin, ou dans les bras l'un de l'autre, ils paraissaient plutôt heureux.

– Vous vous êtes rencontrés quand ? ai-je demandé.

Maman a jeté à Robin un rapide coup d'œil et m'a souri :

– On sortait ensemble au lycée. On est allés à Calcutta sur sa moto quand on avait vingt et un ans.

J'en suis restée bouche bée. Je ne savais même pas que maman avait fait un voyage en Inde. Elle m'a montré des photos d'elle dans ces lieux délirants et sublimes. J'ai regretté que Robin soit là car, pour la première fois depuis une éternité, je me sentais proche d'elle. Mais il était là, et il s'est mis à raconter des

225

histoires comme quoi ils étaient fauchés comme les blés et contraints de dormir au bord des routes. Puis il a relaté, dans les moindres détails, comment il s'était fait dépouiller au Népal. J'avais envie de leur hurler dessus, de leur demander pourquoi je n'avais jamais entendu parler de Robin. Au lieu de quoi j'ai écouté, et regardé les photos.

– Pourquoi on ne s'est jamais rencontrés ? ai-je fini par lâcher.

– Robin est revenu dans ma vie, en tant qu'ami, six mois avant la mort d'Emily.

Je ne l'avais encore jamais entendu le formuler. Le fait qu'Emily était morte. Ça m'a fait un coup à l'estomac, de l'entendre le dire comme ça.

J'allais répondre quand mon portable a sonné. C'était ABIGAIL, qui me demandait si je voulais passer chez elle vendredi soir. Même si tout nous a séparées, ces derniers temps, je suis consciente de devoir l'aider avec ses problèmes de boulimie. J'ai donc dit oui.

Je voulais lui demander comment elle allait, mais elle était pressée. Quand j'ai raccroché, maman a consulté sa montre et déclaré qu'elle et Robin devaient partir. Ils avaient rendez-vous avec des amis. Pas le temps de poser davantage de questions. Elle m'a fixée comme si elle se sentait coupable, désolée, ou Dieu sait quoi. Je lui ai rendu son sourire, pour qu'elle sache que je ne lui en voulais pas de ressortir.

Je suis couchée là, à essayer de m'imaginer maman et Robin avec leurs amis, dans un pub ou Dieu sait où.

En vain. Je ne me rappelle plus à quoi ressemble Robin, bien que je l'aie vu aujourd'hui. Je n'ai pas envie d'aller au lycée demain. En première heure, j'ai arts plastiques. Si seulement j'avais pris une autre option. JE SUIS LA PIRE ARTISTE AU MONDE.

Jeudi 8 juin

Maman m'a forcée à l'accompagner à son cours de cardio-boxe ce soir, après le lycée. Elle n'y avait encore jamais fait allusion, et souhaite qu'on essaye de s'y mettre ensemble. Elle a « pensé que ça pourrait nous faire du bien ».

Une fois là-bas, maman – voulant faire ami-ami – a salué deux autres femmes qui se tenaient dans la salle de gym mal éclairée. J'ai réalisé qu'elle y était déjà venue. Le coach, prénommé Wayne, est arrivé : une véritable armoire à glace. Il nous a distribué d'énormes gants de boxe et nous a montré les gestes à accomplir.

Il nous a fallu former des duos et frapper notre par-tenaire – enfin, pas la frapper elle, mais ce truc rouge et rembourré qu'elle tenait. Je me battais avec maman, qui semblait vachement impliquée. À un moment, elle a même éclaté de rire. C'était plutôt rigolo.

Puis, sur le trajet du retour, mon cœur s'est serré tellement je regrettais qu'Emily ne soit pas là. Détour-nant la tête, j'ai regardé, par la vitre, défiler les rues silencieuses.

Vendredi 9 juin

J'ai écrit une lettre à Eleanor Summerfield, au 18 Bowood Road. Je lui dis que je suis désolée de l'avoir dérangée. La lettre finie, je suis allée la poster, et j'ai éprouvé une joie fugace. Il y a si longtemps que je n'ai pas été heureuse que j'ai à peine reconnu cette sensation. Et puis je m'en suis voulu de la joie ressentie. Ça m'a troublée.

Je m'apprête à me rendre chez Abigail. Robin me dépose, ce qui est sans doute sympa de sa part.

Parvenue chez elle, je suis tombée sur son frère. Il m'a entraînée dans le salon avant qu'elle n'ait remarqué mon arrivée.

– Qu'est-ce qui arrive à Abigail ? m'a-t-il demandé. Elle a une mine épouvantable.

Ne voulant rien dire à ce sujet – je me serais sentie vraiment traîtresse – j'ai changé de sujet.

– Je ne savais pas que tu étais rentré, ai-je dit.

– Sophie, elle est trop maigre.

Il m'a regardée dans les yeux.

– Elle va bien.

– Qu'est-ce qui cloche chez elle ? Tu le sais sûrement.

– On ne se fréquente plus beaucoup.

– Sophie, a-t-il supplié.

Il avait l'air tellement mal, je devais le lui dire.

– Je crois qu'elle est boulimique, ai-je murmuré.

228

– C'est quand on se fait vomir après avoir mangé ? C'est ça ?

J'ai hoché la tête.

– Pourquoi tu n'as rien fait ? Ou rien dit ?

– Je ne m'en suis rendu compte que récemment. J'avais... euh... la tête ailleurs.

Il a reculé, a détourné les yeux.

– Boulimique ? Tu es sûre de ça ?

J'ai vu, alors, qu'Abigail se tenait derrière lui. Une larme a glissé le long de sa joue, et j'ai su qu'elle nous avait entendus.

– Je ne sais pas quoi faire, a-t-elle chuchoté.

Son frère s'est avancé de deux grands pas et l'a serrée dans ses bras. Je fixais le sol. Il lui a dit :

– Je vais t'aider, Abi. Dis-moi juste comment m'y prendre. (Il s'est écarté d'elle.) Je vous laisse discuter, toutes les deux.

Sur ces mots, il a quitté la pièce.

DE TOUTE MA VIE, JE NE ME SUIS JAMAIS SENTIE AUSSI MAL À L'AISE.

Abigail et moi nous sommes regardées. Je sentais presque ce fleuve entre nous, son eau au débit rapide.

– Je suis désolée pour Emily, a-t-elle dit.

J'ai avalé ma salive.

– Je suis vraiment désolée. Je ne peux pas imaginer ce que tu as dû ressentir là-bas. C'est plus fort que moi, je ne peux pas. Tu dois tellement en vouloir à ceux qui ont fait sauter la rame. Tu as été témoin de telles horreurs, et j'ai été une vraie garce avec toi. On a vraiment merdé.

– Elle me manque en permanence. Tu te rappelles comment elle était toujours à me commander ? Je disais tout le temps que je la détestais.

– Non, pas tout le temps.

– Si seulement je ne passais pas mon temps à avoir peur ! Et à avoir la rage !

– Je ne peux pas imaginer... a répété Abigail.

Elle a aspiré une grande bouffée d'air.

– J'aurais voulu être une meilleure amie pour toi. Je ne savais pas comment m'y prendre.

– Je ne t'ai pas facilité la tâche. À personne, je ne parvenais à parler de ce qui est arrivé. Pas seulement à toi. Je suis désolée. Vraiment désolée.

Alors je me suis avancée et je l'ai prise dans mes bras. J'ai décidé de ne jamais lui dire, pour Dan – je réalisais que, parfois, même les meilleures amies du monde doivent avoir des secrets l'une pour l'autre.

– Ça va, toi ? a-t-elle demandé.

J'ai haussé les épaules.

– Pas vraiment. J'aimerais aller bien, mais je suis encore loin du compte.

Un silence, puis j'ai ajouté :

– Il me faudra sans doute du temps pour me remettre. Pendant les vacances de Pâques, je suis allée dans la maison où ma famille a vécu quand j'étais petite.

– C'est où ?

– À Bowood Road. Aucune importance. Je ne sais même pas pourquoi je te raconte ça.

– C'était comment ? Tu t'en rappelais ?

– Non, je ne me souvenais de rien. J'ignore pourquoi j'y suis allée. Je voulais mieux comprendre, j'imagine. Savoir comment c'était avant.

– Je vois ce que tu veux dire.

– J'ai découvert ce que tu vivais en surprenant votre conversation dans les toilettes, à toi et Megan. Vous vous faisiez vomir.

– Mon Dieu. J'avais l'impression que tout m'échappait. Je ne pouvais pas supporter ce qui vous était arrivé l'été dernier, à Emily et toi. Et maman boit comme un trou. Je ne contrôlais plus rien, et tout à coup je me suis mise à perdre du poids. Je me sentais mieux, j'étais belle, et je maîtrisais davantage la situation, j'imagine.

J'ai respiré un grand coup.

– Je peux t'aider.

– Non. Je crois que j'ai besoin d'un véritable soutien. J'ai eu la sensation d'être prise dans un tourbillon.

– Moi aussi, ai-je dit. J'allais voir cette psy, une certaine Lynda, qui me tapait sur le système. Je suis allée en consulter une autre cette semaine, tellement je suis dingue. J'ai des attaques de panique. Sans arrêt.

Je me suis assise sur le canapé.

– Comment on s'est retrouvées dans un état aussi lamentable ?

– Parle pour toi ! a-t-elle rétorqué.

Elle plaisantait. Dit comme ça, c'était plutôt marrant, et on a éclaté de rire. Elle est venue s'asseoir près de moi.

– Et on était si proches l'année dernière !

Ça n'a peut-être pas l'air drôle, formulé ainsi, mais elle a rigolé, j'ai rigolé, et vite on a été pliées en deux.

Son frère est entré et a dit :

– Ça n'a rien de marrant.

Ça nous a fait rire de plus belle. Il a souri et hoché la tête.

– Faut qu'on se parle, plus tard, vous et moi.

Mardi 13 juin

Trop de devoirs. Rosa-Leigh m'a dit qu'au Canada les vacances d'été commençaient bien plus tôt. Elle n'en revient pas du nombre de semaines qu'il nous reste à nous coltiner.

Vendredi 16 juin

Semaine archibarbante au lycée. Maman m'a annoncé que nous allions dormir chez les Haywood ce soir. ROBIN VIENT AVEC NOUS. Elle me l'a dit et RÉPÉTÉ. J'aurais voulu lui demander où Robin allait dormir. Partagera-t-il sa chambre, là-bas ? Qu'y a-t-il, au juste, entre eux ? Mais je n'osais la regarder en face.

On a compris qu'on était en avance car, lorsqu'elle a ouvert la porte, Katherine portait encore son tablier.

– Entrez, entrez ! a-t-elle dit en s'essuyant les mains sur la poche de devant.

Puis elle a SERRÉ ROBIN CONTRE ELLE. Avant maman et moi. Elle lui a pris les deux mains, a souri, et lui a dit :

– Quel plaisir de te revoir, Rob !

Puis Katherine m'a embrassée. Ce faisant, elle m'a glissé à l'oreille :

– C'est quelqu'un de super !

Elle s'est écartée et m'a adressé un regard qui en disait long. Chaque fois que je crois me rapprocher d'un adulte, quelque chose dans son attitude me donne l'impression d'être une enfant. Katherine a continué, dans le genre lourdingue. Elle a émis un drôle de son (comme si quelqu'un lui marchait sur le pied) et des larmes ont jailli de ses yeux. Elle a serré maman dans ses bras.

Monter dans la chambre de Lucy m'a soulagée. Elle était assise sur son lit, le visage rougi et le souffle court.

– Nous avons rompu, Kai et moi, a-t-elle dit. Je pensais que je ne l'aimais plus, alors je l'ai largué et j'ai embrassé un copain à lui. (Elle a éclaté en sanglots.) Maintenant, il refuse qu'on se remette ensemble.

Elle a eu un regard coupable.

– Mon Dieu, je suis désolée de te parler de moi, comme ça, avec tout ce que tu as traversé.

– T'inquiète ! Tu as parlé avec lui ?

– Il ne répond pas à mes appels. Je suis tellement mal que j'ai arrêté de tenir mon blog.

Elle a trituré son duvet, soudain silencieuse.

Les jumelles ont déboulé dans la pièce en glapissant.

– Tu fais une allergie ? a crié Molly.

– Sortez ! Ici, c'est MA CHAMBRE ! a hurlé Lucy.

Mark est entré et a enguirlandé petits et grands. Ça a fait taire tout le monde, vu que nous redoutions qu'il fasse une autre crise cardiaque, et qu'il en meure. Du moins, c'est ce à quoi j'ai pensé. Les jumelles ont déguerpi.

– Désolée, papa, a dit Lucy.

Puis, s'adressant à moi :

– On va retrouver les autres ?

J'ai hoché la tête et nous sommes toutes deux allées à la cuisine, où maman et Katherine montraient à Robin comment on prépare un rôti.

Maman paraissait contente – pas folle de joie, mais plus heureuse que d'habitude. Je devrais me réjouir pour elle, j'en suis consciente. N'empêche que ça me fait bizarre, cette histoire entre elle et Robin, même s'ils n'ont pas dormi dans la même chambre, maman ayant expliqué à Katherine qu'ils étaient juste amis... pour le moment (je l'ai entendue malgré moi).

Je ne sais pas quoi en penser. Suis-je censée avoir de l'affection pour lui ? Je le connais à peine. Il y a si longtemps que je n'ai pas vu maman aussi bien que ça devrait m'inciter à être sympa avec lui. Mais il n'arrête pas de faire des trucs agaçants, comme mettre la main sur le bras de maman – il doit FORCÉMENT se douter que c'est super gênant pour moi. Et Emily, dans tout ça ? Elle n'a jamais rencontré Robin, n'a rien à voir avec cette nouvelle famille. À supposer que nous en soyons une. Maman est-elle amoureuse de Robin ? Ou ne sont-ils vraiment qu'amis ?

Je regrette qu'Emily ne soit pas là pour en discuter avec moi. Parce que...

Mercredi 21 juin

Dan vient de m'envoyer un texto. Incroyable ! Il dit qu'il pense à moi. Qu'il veut me voir. J'ai vaguement repensé à son baiser, au naturel de la chose, au fait que ça me faisait oublier tout le reste... Mais je me suis rappelé à quel point il avait été nul avec Abigail. Qu'il avait couché avec Megan et flirté avec moi alors qu'il sortait avec Abi. Je n'ai pas l'intention de le revoir.

J'allais répondre un truc du genre « Ni maintenant ni jamais », mais je me suis dit que répondre ne pouvait que l'encourager. J'ai effacé son texto. Et son numéro. C'est ce qu'aurait fait Emily à ma place.

Entre les cours d'arts plastiques et d'anglais, Abigail m'a annoncé qu'elle allait rompre avec Dan.

– Au fond, ce n'est pas un mec bien, Sophie. (Elle a avalé sa salive.) J'ai découvert qu'il couchait avec Megan.

Elle s'est mise à pleurer.

– Tu tiens le coup ? ai-je demandé.

– Il ne me plaisait même pas tant que ça. Je sais pas. Comment Megan a pu me faire ça ?

– Il est sûrement aussi responsable qu'elle.

J'ai pris la défense de Megan non parce que je l'aime bien, mais parce que j'ai vraiment mauvaise conscience.

Abi a essuyé ses larmes.

– J'ai d'autres chats à fouetter. Megan avait une mauvaise influence sur moi, de toute manière. Elle... C'est elle qui a eu l'idée qu'on se fasse vomir. (Un silence.) Demain, je vais chez le médecin.

Je n'ai rien répondu. J'étais soulagée. Qu'elle cherche à se faire aider, c'était déjà un grand pas. Abi et moi en train de papoter dans les couloirs bondés : on se serait crues au bon vieux temps. Enfin, presque. Je ne jurerais pas qu'entre nous tout redeviendra comme avant. Je crois que je ne m'en soucie plus autant, cela dit. J'espère qu'elle va se remettre.

Du moins, j'espère que je l'espère.

Ce soir, j'étais couchée sur mon lit après avoir fini mes devoirs quand maman est entrée dans ma chambre. Elle tenait un sac à dos, celui avec lequel Emily est rentrée à la maison l'été dernier, la veille de sa mort. Je me suis redressée, j'ai regardé maman. Elle en a sorti des brindilles desséchées. J'ai mis un moment à réaliser qu'elles étaient destinées au projet d'arbre généalogique d'Emily.

J'ai fixé maman pendant ce qui m'a paru une éternité (en réalité, sans doute pas plus de deux secondes).

– Il va y avoir une cérémonie en hommage aux victimes. On m'a demandé de prendre la parole. Je veux faire ça, et je tiens à ce que tu m'aides.

Elle semblait avoir préparé ses mots.

J'ai pris conscience de l'ampleur de ses efforts. Et j'ai su qu'il était temps, pour moi aussi, d'y mettre du mien. D'une voix étranglée, j'ai demandé :

– Que je t'aide comment ?

– J'ai pensé qu'on pourrait fabriquer quelque chose ensemble.

Je suis demeurée un long moment silencieuse. Elle était si débordante d'espoir.

J'ai regardé les brindilles desséchées.

– On s'y prend comment ? ai-je demandé.

Croisant mon regard, elle a souri.

– Je ne sais pas. On devrait peut-être faire autrement

237

que prévu. Pour que ça lui ressemble, d'une manière ou d'une autre. Comment, c'est une autre question...

J'ai eu envie de pleurer, mais j'ai ravalé mes larmes.

– On pourrait faire un arbre avec les brindilles, ai-je suggéré. Puis colorier des feuilles en papier et écrire dessus pour expliquer qui était Emily.

Maman a hoché la tête.

On a commencé par le bas et on a remonté peu à peu, feuille après feuille. Notre arbre n'était pas aussi beau que l'aurait été celui de ma sœur, et certainement pas aussi artistique, mais il était plein de couleurs.

– Ça aurait plu à Emily, a dit maman en accrochant une feuille violette sur un côté de l'arbre. Sur celle-ci, on pourrait écrire *généreuse*.

– Il nous faut une feuille pour *drôle*. Elle était drôle.

Elle s'est interrompue, a acquiescé.

J'ai colorié des feuilles en orange vif. J'en ai saisi une.

– Je veux que celle-ci soit un souvenir que j'ai d'Emily, en train de me tenir la main sur une plage en Grèce.

Maman a fait oui de la tête.

J'ai dit la seule chose qui me venait à l'esprit :

– Elle me manque.

Maman s'est mise à pleurer. Les larmes ont jailli de ses yeux.

– Elle me manque tout le temps, a-t-elle sangloté. Je pense à elle comme je respire. Comment pourrait-il en être autrement ? Mais ça ne veut pas dire que je ne pense pas à toi et à ce que tu as subi, Sophie. À ce que tu as vu. Je voudrais pouvoir effacer tout, te soulager de ce poids-là. Mais c'est impossible. Je ne peux pas défaire ce qui s'est passé. Et je ne peux rien changer au comportement que j'ai eu. Je m'en veux tellement !

Elle m'a regardée. J'ai remarqué que ses yeux étaient pailletés d'or, ce dont je ne m'étais encore jamais rendu compte.

– Mais tu dois savoir une chose, Sophie. *Jamais* je n'ai regretté que ce soit elle et pas toi... Pas une seule fois.

– Je sais. J'ai toujours eu l'impression que tu la préférais à moi.

Comme j'avais la gorge trop nouée pour ajouter quoi que ce soit, je me suis mise à écrire sur une feuille orange.

– Je vous aime autant l'une que l'autre. Il en a toujours été ainsi. Et imagine, le jour de l'attentat, vous auriez pu être tuées toutes les deux. Je n'arrive même pas à le concevoir, l'horreur que ça aurait été de te perdre, toi, ma petite dernière...

Elle s'est essuyé les yeux. Puis elle a découpé une grande feuille.

– Celle-ci, ça pourrait être nous. Nous faisions partie de sa vie : toi, moi et son père.

– Ouais... papa.

J'ai retenu mon souffle.

– Maman, pour ce qui est de Robin, j'essaye d'être sympa, mais il me faut du temps pour m'habituer à sa présence. Il m'est difficile de...

– Pour le moment, Robin m'apporte son soutien. C'est un bon ami, rien de plus. Je suis encore trop triste pour autre chose.

– Moi aussi, je suis triste en permanence. Et j'ai des attaques de panique. Ça me donne l'impression que je vais mourir. Ça lui a fait quoi, tu crois ? De mourir, je veux dire.

– Oh, Sophie...

– Je ne pense qu'à ça. Le sang, les cris, la panique, les flammes.

Elle a hoché la tête, m'a pris la main. J'ai levé les yeux vers elle.

– Tes yeux ont changé de couleur, ai-je dit. Ils sont pleins de petits points dorés.

– Ah oui ?

On est restées assises là un bon moment, les doigts entremêlés.

Jeudi 29 juin

Après les cours, Rosa-Leigh, Kalila et moi sommes allées faire les magasins pour nous trouver des vêtements d'été. Kalila a vraiment l'œil pour dégoter les bonnes affaires. On a trouvé des trucs super.

Aujourd'hui, au lycée, grande discussion sur nos examens et notre avenir. Je serai peut-être médecin. Non. Je ne crois pas pouvoir supporter la vue du sang. Je pourrais devenir psychiatre ou psychologue, une profession où l'on aide les gens. Sans doute ne serais-je pas mauvaise. Il faut que j'apprenne à mieux écouter les autres. Et que je fasse des progrès au lycée. Je n'ai pas obtenu de très bonnes notes cette année, même si je me suis enfin mise à travailler dur, vu que je m'inquiète pour l'année prochaine. J'ai beaucoup à rattraper.

Je suis rentrée à la maison. J'ai fait mes devoirs, puis j'ai regardé la télé dans le salon qui baignait dans la lueur du soleil. Un oiseau a bruyamment percuté la fenêtre. Je suis sortie de la maison en courant. Un malheureux moineau gisait sur l'herbe, haletant, terrifié. Je me suis accroupie et l'ai pris dans mes mains. Saisi de panique, il s'est démené et a battu des ailes, mais je tenais à le protéger de Bouledepoil. Au bout de quelques instants, il a sautillé et, ragaillardi, s'est envolé.

Je suis allée trouver maman. De but en blanc, j'ai annoncé :

– On peut aller sur sa tombe ?

– Tu en es sûre ? Chaque fois que je t'ai proposé de m'accompagner, tu as refusé. C'est comme ça depuis Noël.

J'ai hoché la tête.

– J'en suis sûre.

Elle a sorti de sa poche ses clés de voiture.

– Allons-y, alors !

Le cimetière paroissial de Highgate est très calme. Les tombes y sont disposées de façon irrégulière. Au crépuscule, l'endroit est magnifique. La tombe d'Emily se trouve près d'une rangée d'arbres. Nous nous sommes assises devant. J'y ai lu son nom, son âge. J'ai regardé les fleurs laissées par quelqu'un. Rien ne s'est passé, je ne me sentais ni mal ni bien. Je profitais juste de ce que nous soyons toutes ensemble, Emily, maman et moi – Emily avait beau être absente, elle était néanmoins *présente*, même si ça semble fou. Et le temps a passé.

Jeudi 6 juillet

Demain a lieu la cérémonie en hommage aux victimes.

Vendredi 7 juillet

On a calé l'arbre d'Emily près de moi, sur la banquette arrière, et on s'est rendus à la cérémonie funèbre. Robin était au volant. À notre arrivée là-bas, j'ai eu le tournis. Il y avait une foule de gens. On a attendu quelques instants, puis maman est allée déposer l'arbre d'Emily près de la tribune. Une vieille femme s'est avancée vers le micro et a parlé. Elle a commencé par lire les noms de toutes les victimes de l'attentat. Quand elle est parvenue à celui d'Emily, j'ai cru que j'allais m'évanouir. Alors j'ai aperçu un type de grande taille, que j'ai reconnu. Ça m'est tout de suite revenu : c'est lui qui m'avait aidée à sortir du tunnel. Une cicatrice, partant du dessous de l'œil, lui barrait la joue. Il tenait une unique rose rouge.

Un autre mec s'est approché de nous. Steve. Le petit copain d'Emily aux Beaux-Arts. Je l'avais rencontré à l'enterrement. Maman s'est tournée vers lui.

– Salut. Ça fait plaisir de te voir, Steve. Merci d'être venu.

– Elle nous manque à tous.

Il a désigné un groupe. Les amis d'Emily aux Beaux-Arts. Certains pleuraient. Son autre vie. J'ai senti monter en moi une rage familière. Mais au lieu de me rester coincée dans la gorge, elle est sortie de moi pour gagner l'immensité du ciel. J'ai laissé échapper un soupir. Remarquant que j'avais les poings crispés, je les ai desserrés et j'ai écarté les doigts. J'ai souri aux camarades d'Emily. Deux ou trois m'ont rendu mon sourire. Sans doute me reconnaissaient-ils pour m'avoir croisée lors de mes visites à ma sœur.

À la tribune, des gens parlaient du terrorisme et des kamikazes qui avaient fait sauter les rames de métro et le bus. Je ne voulais pas en entendre parler. Je ne voulais pas m'interroger sur le pourquoi de leurs actes. J'aurais beau me creuser la tête à n'en plus finir, ça ne changera rien, ça n'expliquera rien. Et ma rage et mon écœurement resteront les mêmes. Puis les politiciens ont cessé de discourir et, un par un, des proches se sont levés pour rendre hommage aux disparus. Au pied de l'estrade, j'écoutais.

Puis est venu le tour de maman. Elle s'est dressée face à tous ces inconnus, et à certains de nos plus vieux amis. Les Haywood formaient un groupe compact, Katherine cramponnée à Mark. Lucy me souriait. Mme Haynes et Mme Bloxam se trouvaient parmi d'autres professeurs du lycée. Cette sorcière de Mme Haynes, les larmes aux yeux, m'a adressé un signe de tête. Près d'eux se tenaient Rosa-Leigh et sa nombreuse famille, en compagnie de Kalila. Rosa-Leigh a agité la main vers moi, de même que son grand frère Joshua. Un peu plus loin, Abigail et Zara, blotties l'une contre l'autre. J'ai souri à Abi, avant de reporter mon attention sur maman, seule sur l'estrade.

Elle a paru sur le point de dire quelque chose, mais elle avait la gorge nouée. Elle a désigné l'arbre d'Emily, s'est mise à pleurer. Alors, je ne sais pas ce qui m'a pris. La voyant là, toute seule, j'ai bousculé les gens qui étaient devant moi et l'ai rejointe à la tribune. J'ai dit :

– Parfois, sans Emily, maman et moi avons du mal à nous rappeler que nous sommes toujours là l'une pour l'autre.

J'ai glissé la main dans la sienne. Elle l'a serrée fort.

Et puis, à tour de rôle, nous avons parlé de ma sœur à toutes ces personnes. Sans doute n'était-ce pas le meilleur discours du monde. Pour moi, ça l'était.

– Je voudrais ajouter quelque chose, ai-je déclaré.

Mon cœur avait beau battre à tout rompre, je me suis forcée à lire le poème. Il comportait un vers de plus. Je le trouve mieux, maintenant.

Les branches dénudées
Se dressent avec rudesse
Avec des bagues aux doigts
Des nœuds dans les cheveux

L'hiver argenté
De pluie enfumé
Les sorcières du soleil
À nouveau volent bas.

Dans une mare de grisaille
Gît l'été dernier
Où rien ne peut nager
Sous mes yeux meurt
Ma sœur.

Le printemps est chargé
De tout ce qui a été,
Et elle est toujours là,
Eclatante, invisible.

J'ai jeté un coup d'œil à la foule. Des gens avaient les joues baignées de larmes, d'autres se tamponnaient le visage d'un mouchoir en papier. Puis j'ai regardé maman. Elle me fixait, les yeux brillants comme ces bulles que font les enfants.

Mercredi 12 juillet

Après les cours, je suis allée voir Koreen, ma nouvelle psy. Je lui ai expliqué que, pour m'aider, Lynda m'avait donné un cahier dans lequel écrire et que j'avais noirci presque toutes ses pages. Koreen a dit qu'elle m'en trouverait un autre, afin que je continue. Je l'ai remerciée, et lui ai dit que je pouvais bien l'acheter moi-même.

Nous avons parlé des attaques de panique, d'Emily, de la cérémonie en hommage aux victimes, de ma mère. Et alors je me suis mise à raconter l'attentat, ce que j'ai vécu ce jour-là. Le seul fait d'en parler m'a plongée dans la panique. Mais Koreen m'a écoutée patiemment, laissant passer la crise. J'ai réalisé qu'il n'y avait rien de bizarre à ce que j'aie besoin de temps pour me remettre, après ce qui s'est passé. C'est normal.

Dimanche 16 juillet

Au déjeuner, que maman a passé TOUTE cette matinée de dimanche à préparer, elle et moi nous sommes chamaillées parce qu'elle insistait pour que je découpe le poulet, alors que je trouvais que c'était à elle de le faire. Robin regardait le plafond – faisant celui qui n'était pas là. Au beau milieu de notre prise de bec, maman a soudain lancé :

– Je nous ai réservé un vol pour l'Italie cet été. On restera deux semaines.

Ça m'a fait taire.

Robin n'est pas invité, ce qui ne semble pas le déranger.

– Ta mère et toi devez passer du temps ensemble, c'est important, a-t-il dit.

Pendant à peu près deux minutes, j'ai presque eu de l'affection pour lui. Et puis il s'est mis à raconter une histoire interminable, à propos d'un voyage en Bolivie qu'il a fait il y a cinq ans. J'ai cru mourir d'ennui.

Lundi 17 juillet

Au déjeuner, Rosa-Leigh m'a dit qu'elle allait organiser une soirée pour fêter la fin des cours et nos deux anniversaires. Dans sa maison hallucinante. Elle a déjà tout prévu.

Vendredi 21 juillet

Robin m'a acheté une super robe pour la soirée. Elle me va à ravir. En soie turquoise, elle est sublime. Je n'en reviens pas qu'il l'ait aussi bien choisie.

Dimanche 23 juillet

Je me suis réveillée ARCHITÔT, il faisait encore noir. J'ai grimpé sur le toit. Dans l'air, on sentait l'été. J'ai repensé à la fois où, assises là-haut, Emily et moi avons attendu le lever du soleil. J'ai commencé à travailler sur un poème trouvé. J'ai utilisé des mots que j'avais écrits dans ce cahier – ce n'est donc pas, à proprement parler, un poème trouvé. Il se pourrait que je le montre à maman.

Emily

Les fenêtres se dérobèrent
Et je perdis de vue
La vue
Cramponne-toi à elle

Elle est généreuse
(une feuille orange)

L'immensité se referme en silence
Soudain impossible de respirer
(Respire bien)

Si seulement
Je pouvais remonter le temps
Si seulement ce n'était pas absurde

Je lui tenais la main
Ai regardé le soleil se coucher
L'espace d'un instant

Quand j'ai eu fini, j'ai levé les yeux et vu le ciel strié de bandes roses et bleues. Puis le soleil est apparu, telle une boule d'or en fusion, faisant luire les toits des maisons. J'ai cligné des yeux. Pendant une fraction de seconde, j'aurais pu jurer qu'Emily était là, assise près de moi.

Lundi 24 juillet

Aujourd'hui, je suis allée acheter un nouveau cahier pour quand celui-ci sera fini, ce qui ne devrait pas tarder. Sa couverture est décorée d'une carte du monde.

Vendredi 28 juillet

Kalila et moi allons ensemble à la fête. Ce que je suis impatiente ! Joshua, le grand frère de Rosa-Leigh, sera là lui aussi. C'est CERTAIN car il a DEMANDÉ à Rosa-Leigh de me le dire. S'il me plaît vraiment, a-t-elle ajouté, elle est d'accord pour que...

En fait, je ne sais pas. Je crois qu'il me plaît, mais je ne suis pas sûre de vouloir m'engager tout de suite avec quelqu'un. Je ne sais pas. Je porte la robe en soie que Robin m'a offerte, dont j'adore le contact sur ma peau. Emily l'adorerait. Je la lui prêterais volontiers, si elle était encore là. J'ai parfois l'impression qu'elle est là. Et ça me fait du bien.

Il faut que je me prépare. Kalila sera là d'une minute à l'autre.

Remerciements

Merci à Lynne, Susan et Sarah S. pour avoir permis à ce roman d'être tel qu'il est.

Merci à Kelley Jo Burke et au Saskatchewan Arts Board pour le soutien qu'ils m'ont apporté.

Merci à Jackie et Natasha, pour tout ce qu'elles ont fait pour moi et pour mes livres.

Merci à Ellie, Ellen, Jenny, papa et Anneke, qui ont lu les premiers jets.

Merci à Leona et Jill, pour les déjeuners et les conversations littéraires.

Merci à Juliette, parce que c'est comme ça.

Et Yann, merci pour tout.

CE ROMAN
VOUS A PLU ?

Donnez votre avis
et retrouvez
d'autres lecteurs sur

**LECTURE
academy**.com

« Pour l'éditeur, le principe est d'utiliser des papiers composés de fibres naturelles, renouvelables, recyclables et fabriquées à partir de bois issus de forêts qui adoptent un système d'aménagement durable. En outre, l'éditeur attend de ses fournisseurs de papier qu'ils s'inscrivent dans une démarche de certification environnementale reconnue. »

Édité par la Librairie Générale Française - LPJ
(43 quai de Grenelle, 75905 Paris Cedex 15)

Composition Nord Compo
Achevé d'imprimer en Espagne par BLACK PRINT CPI IBERICA
Dépôt légal 1re publication septembre 2013
32.0214.0/01 - ISBN : 978-2-01-320214-5
Loi n° 49-956 du 16 juillet 1949 sur les publications destinées à la jeunesse
Dépôt légal : septembre 2013